KB116339

빵가게
재습격

이 도서의 국립중앙도서관 출판예정도서목록(CIP)은
서지정보유통지원시스템 홈페이지(http://seoji.nl.go.kr)와
국가자료종합목록 구축시스템(http://kolis-net.nl.go.kr)에서 이용하실 수 있습니다.
(CIP제어번호: CIP2014010305)

빵가게
재습격

무라카미 하루키 소설

권남희 옮김

문학동네

일러두기

1. 이 책은 『빵가게 재습격』(2010)의 개정판으로, 1991년 고단샤에서 간행된 『村上春樹全作品 1979~1989 ⑧ 短篇集 III』을 번역의 저본으로 삼았습니다.
2. 본문 중의 주석은 옮긴이주입니다.
3. 중고딕과 방점은 원서의 표시에 따른 것입니다.

차례

빵가게 재습격

빵가게를 습격한 얘기를 아내에게 한 게 과연 올바른 선택이었는지 나는 아직도 확신이 서지 않는다. 아마 그건 옳으냐 옳지 않으냐 하는 기준으로 판단할 수 없는 문제일 것이다. 요컨대 세상에는 옳지 않은 선택이 옳은 결과를 초래하는 경우도 있고, 옳은 선택이 옳지 않은 결과를 초래하는 경우도 있으니 말이다. 이러한 부조리—라고 불러도 상관없겠지—를 회피하려면 우리는 실제로는 아무것도 선택하지 않는다고 생각할 필요가 있고, 대체로 난 그런 식으로 생각하며 살아간다. 일어난 일은 이미 일어난 것이며, 일어나지 않은 일은 아직 일어나지 않은 것이다.

그런 입장에서 생각하여 나중이야 어찌되건 아내에게 빵가게를 습격한 얘기를 해버렸다—라는 말이다. 얘기해버린 건 얘기해버린 거고, 거기에서 일어난 사건은 이미 일어난 것이다. 그리고 만약 그 사건이 사람들 눈에 혹시 기묘하게 비친다면, 그 원인은 그 사건을 포함한 총체적 상황 속에서 찾아야 한다고 나는 생각한다. 그러나 내가 어떤 식으로 생각하든 뭔가 달라지는 건 없다. 달라지는 것은 단순히 사고방식에 지나지 않는다.

나는 아내에게 빵가게를 습격한 얘기를 꺼냈다. 정말이지 어쩌다보니 그렇게 되었다. 그 얘기를 꺼내려고 미리 마음먹고 있었던 것도 아니고, 그때 순간적으로 떠올라 '그러고 보니……' 하는 식으로 얘기를 시작한 것도 아니다. 그 '빵가게 습격'이란 말을 아내 앞에서 꺼내기 전까지는 내가 예전에 빵가게를 습격했던 일 같은 건 까맣게 잊고 있었다.

그때 빵가게를 습격했던 기억을 떠올리게 한 것은 참을 수 없을 정도의 공복감이었다. 시각은 새벽 두시쯤이었다. 나와 아내는 여섯시에 가볍게 저녁을 먹고, 아홉시 반에 침대로 기어들어가 잠이 들었는데, 어찌된 일인지 그 시간에 둘 다 동시에 잠이 깨버렸다. 잠에서 깨고 잠시 뒤 『오즈의 마법사』에 등장하는 맹렬한 회오리처럼 공복감이 밀려왔다. 그것은 말로 표현할 수 없을 정도로 압도적인 공복감이었다.

그러나 냉장고 속에는 '먹을거리'라고 할 만한 것이 하나도 없었다. 있는 거라고는 프렌치드레싱과 캔맥주 여섯 개, 말라비틀어진 양파 두 개, 버터, 탈취제뿐이었다. 결혼한 지 이 주 정도밖에 안 된 때라 우리에겐 식생활에 관한 공동 인식이라는 게 아직 명확히 확립되어 있지 않았다. 그 당시 확립해야 할 것들은 그것 말고도 산더미처럼 있었다.

그 무렵 나는 법률사무소에 다니고 있었고, 아내는 디자인 스쿨에서 사무를 보고 있었다. 나는 스물여덟인가 아홉이었고(어찌된 일인지 결혼한 해가 도무지 기억나지 않는다), 아내는 나보다 이 년 팔 개월 연하였다. 우리 생활은 지독히 바쁜데다 입체적인 동굴처럼 복잡하게 엉켜 있어 비상식품을 챙기는 일까지는 도저히 생각이 미치지 못했다.

침대에서 나와 주방으로 간 우리는 할 일도 없이 테이블을 사이에 두고 마주앉았다. 다시 잠을 청하기에는 두 사람 다 배가 너무 고팠으며—누워 있는 것만으로 고통이었다—그렇다고 일어나 뭔가를 하기에도 너무 허기졌다. 이런 강렬한 공복감이 대체 어디서 어떻게 찾아온 것인지 우리는 짐작도 가지 않았다.

나와 아내는 일말의 희망을 안고 교대로 냉장고 문을 몇 번이나 열어보았지만 아무리 그래봐야 내용물은 달라지지 않았다. 맥주, 양파, 버터, 드레싱과 탈취제. 양파를 버터에 볶아 먹는 방법도 있다. 하지만 말라비틀어진 양파 두 개가 우리의 공복을 효과적으로 채워줄 것 같지 않았다. 양파란 뭔가와 같이 먹는 것이지, 그것만으로 허기를 채울 수 있는 종류의 먹을거리는 아니다.

"프렌치드레싱 탈취제 볶음은?" 농담 삼아 제안해봤지만 예상대로 묵살당했다.

"차를 타고 나가서 심야 영업하는 레스토랑을 찾아볼까?" 나는 말했다. "국도로 나가면 분명히 그런 데가 있을 거야."

그러나 아내는 그 제안을 거부했다. 밖에 나가 식사하는 건 싫다고 했다.

"밤 열두시가 넘어서 식사를 하러 외출하는 건 뭔가 잘못됐어." 그녀가 말했다. 아내는 그런 면에서는 지독히 고지식했다.

"뭐 그것도 그렇군." 한 호흡 두고서 나도 수긍했다.

신혼 초에는 흔히 있을 법한 일인지도 모르지만, 아내의 그런 의견(내지는 강령)이 내 귀에는 일종의 계시처럼 들렸다. 아내의 말을 듣고 보니 지금 내가 안고 있는 굶주림이 국도변의 24시간 레스토랑에서 쉽게 채워질 것이 아닌 특수한 굶주림처럼 느껴졌다.

특수한 굶주림이란 무엇인가?

나는 그것을 하나의 영상으로 여기에 제시할 수 있다.

① 나는 작은 보트를 타고 조용한 바다 위에 떠 있다. ② 아래를 내려다보니 물속에 해저화산의 꼭대기가 보인다. ③ 해면과 그 꼭대기 간의 거리는 별로 멀어 보이지 않지만, 정확한 것은

모른다. ④ 왜냐하면 물이 너무 투명해서 거리감을 파악할 수 없기 때문이다.

24시간 레스토랑 같은 데는 가고 싶지 않다는 아내의 말에 "뭐, 그것도 그렇군" 하고 동의할 때까지 이삼 초 사이 내 머리에 떠오른 이미지는 대체로 그런 것이었다. 물론 나는 지그문트 프로이트가 아니어서 그 이미지가 대체 무엇을 의미하는지 명확히 분석할 수는 없었지만, 그것이 계시적인 종류의 이미지라는 것만은 직관적으로 이해했다. 그렇기 때문에 나는—공복이 이상하리만치 강렬한 것이었음에도—식사를 위해 외출하지는 않겠다는 아내의 강령(내지는 성명)에 반은 자동으로 동의했다.

할 수 없이 우리는 캔맥주를 따서 마셨다. 양파를 먹는 것보다는 맥주를 마시는 편이 훨씬 나았기 때문이다. 아내는 맥주를 별로 즐기지 않아서 내가 여섯 캔 중 네 캔을 마시고, 아내가 나머지 두 캔을 마셨다. 내가 맥주를 마시는 동안, 아내는 11월의 다람쥐처럼 꼼꼼하게 주방 선반을 뒤져 봉투 바닥에 남아 있던 버터 쿠키 네 개를 찾아냈다. 냉동 케이크의 베이스를 만들고 남은 것으로 습기가 차서 눅눅했지만 그래도 소중히 두 개씩 나누어 먹었다.

하지만 유감스럽게 캔맥주도 버터 쿠키도 하늘에서 본 시나이 반도처럼 막막한 우리의 공복에 아무런 흔적도 남기지 않았다.

그들은 초라한 풍경의 일부처럼 창밖을 획획 지나갈 뿐이었다.

우리는 맥주 캔에 인쇄된 글씨를 읽다가 시계를 몇 번씩 쳐다보다가 냉장고 문을 쳐다보다가 어제 석간도 뒤적여보고, 테이블 위에 흩어진 쿠키 부스러기를 엽서 끝으로 모아보기도 했다. 시간은 물고기의 뱃속에 들어간 납덩어리처럼 어둡고 둔중했다.

"이렇게 배가 고픈 건 처음이야." 아내가 말했다. "이런 게 결혼한 거랑 관계가 있는 걸까?"

모르겠어, 하고 나는 대꾸했다. 있을지도 모르고 없을지도 모른다.

아내가 새삼스럽게 먹다 남은 찌꺼기라도 찾으려고 주방을 뒤지는 동안, 나는 또 보트에서 몸을 내밀어 해저화산 꼭대기를 내려다보았다. 보트를 둘러싼 바닷물의 투명함이 내 마음을 더욱 불안정하게 만들었다. 명치끝 주위에 구멍이 뻥 뚫린 듯한 기분이었다. 입구도 출구도 없는 순수한 구멍이다. 그 기묘한 체내의 결락감—부재가 실재한다는 감각—은 높은 첨탑 꼭대기에 올라갔을 때 느끼는 공포가 부르는 마비와 어딘가 비슷하다는 생각이 들었다. 공복과 고소공포는 서로 닮은 데가 있구나 하는 새로운 발견을 했다.

예전에도 비슷한 경험을 한 적이 있다는 생각이 든 것은 바로 그때였다. 난 그때도 지금처럼 배가 고팠다. 그것은—

"빵가게를 습격했을 때야" 하는 말이 무심결에 튀어나왔다.
"빵가게 습격이라니, 무슨 소리야?" 아내가 잽싸게 물었다.
그렇게 해서 빵가게를 습격했던 때를 회상하게 되었다.

"꽤 오래전에 빵가게를 습격한 적이 있었어." 나는 아내에게 설명했다. "그리 큰 가게도 아니고 이름 있는 가게도 아니었어. 특별히 맛있지도 않고 특별히 맛없지도 않고. 어디에나 있는 평범한 동네 빵가게였지. 아저씨가 혼자 빵을 구워 파는 상가 한복판의 가게였어. 아침에 구운 빵을 다 팔면 그대로 문을 닫는 조그만 빵가게 말이야."
"왜 그런 눈에 띄지 않는 빵가게를 습격했어?" 아내가 물었다.
"큰 가게를 덮칠 필요가 없었거든. 우리는 우리의 굶주림을 채워줄 만큼의 빵이 필요했던 거지, 무슨 돈을 훔치려고 한 게 아니었으니까. 우리는 습격자였지 강도가 아니었다고."
"우리?" 아내가 말했다. "우리라니 누구 말이야?"
"그 시절 단짝이 있었어." 나는 설명했다. "벌써 십 년도 더 된 일이지만 말이야. 우리 둘 다 지독히 가난해서 치약 살 돈조차 없었어. 물론 먹을 것도 언제나 부족했지. 그래서 그 당시 우리는 먹을거리를 손에 넣으려고 정말 못된 짓을 많이 했어. 빵가게 습격도 그중 하나고—"

"이해가 안 가." 아내가 이렇게 말하며 내 얼굴을 빤히 들여다보았다. 마치 새벽하늘에서 빛을 잃어가는 별을 찾는 듯한 눈길이었다. "왜 그런 짓을 했어? 일하지 않고? 아르바이트를 조금만 해도 빵 정도는 살 수 있었을 거 아냐? 아무리 생각해도 그편이 간단할 것 같은데. 빵가게를 습격하는 것보다는."

"일하기 싫었으니까." 나는 말했다. "그건 정말이지 명백한 결론이었어."

"그렇지만 지금은 이렇게 제대로 일하고 있잖아?" 아내가 말했다.

나는 고개를 한 번 끄덕이고는 맥주를 한 모금 마셨다. 그리고 손목 안쪽으로 눈두덩을 비볐다. 맥주 몇 캔이 졸음을 재촉하는 듯했다. 그것은 보드라운 진흙처럼 내 의식을 파고들어 공복과 실랑이를 벌였다.

"시대가 바뀌면 공기도 바뀌고, 사람의 사고방식도 바뀌는 거야." 나는 말했다. "근데, 그건 그렇고 이제 슬슬 자지 않을래? 우리 아침에 일찍 일어나야 되잖아."

"안 졸려. 그냥 빵가게 습격 얘기를 듣고 싶은걸."

"시시한 얘기야." 나는 말했다. "적어도 당신이 기대하는 것만큼 재미있는 얘기는 아냐. 화려한 액션도 없고."

"그래서 습격은 성공했어?"

나는 잠을 포기하고 캔맥주를 새로 땄다. 아내는 뭔가를 듣기 시작하면 끝까지 다 듣지 않고는 못 배기는 성격이다.

"성공했다고 할 수도 있고, 성공 못 했다고 할 수도 있지." 나는 말했다. "우리는 빵을 원하는 만큼 손에 넣긴 했지만 그건 강탈이 아니었거든. 그러니까 우리가 빵을 강탈하기 전에 빵가게 주인이 우리에게 준 거야."

"공짜로?"

"공짜가 아니었어. 그게 좀 골치 아픈 부분이지." 나는 고개를 저었다. "빵가게 주인은 클래식 음악 마니아였는데 마침 그때 가게에서 바그너의 〈서곡집〉을 틀어놓고 있었어. 그리고 주인은 우리한테 만약 그 음반을 끝까지 묵묵히 다 들어준다면 가게 안의 빵을 맘대로 가져가도 좋다고 거래를 제의해왔어. 나와 친구는 그 제의에 대해 의논했지. 그리고 이런 결론을 내리게 됐어. 음악을 듣는 것쯤은 어느 정도 할 만하다고. 그것은 순수한 의미에서 노동도 아니며 누구를 상처 입히는 것도 아니니까. 그래서 우리는 식칼과 나이프를 보스턴백에 넣고 의자에 앉아 빵가게 주인과 함께 〈탄호이저〉와 〈방황하는 네덜란드인〉의 서곡을 들었던 거야."

"그리고 빵을 받았구나."

"응, 나랑 친구는 가게에 있는 빵이란 빵을 모조리 가방에 쑤셔넣고 돌아서서 나흘인가 닷새 동안 그것만 먹었어." 나는 이렇게 말하고 맥주를 또 한 모금 마셨다.

졸음은 해저지진으로 생겨난 소리 없는 파도처럼 나의 보트를 둔하게 움직이고 있었다.

"물론 빵을 손에 넣겠다는 소기의 목적은 이루었지만." 나는 말을 이었다. "아무리 생각해도 범죄라고 할 만한 건 아니었어. 그건 말하자면 교환이었던 거야. 우리는 바그너를 듣는 대신 빵을 손에 넣었으니까 법적으로 말하자면 상거래 같은 거지."

"그렇지만 바그너를 듣는 것은 노동이 아니잖아." 아내가 말했다.

"바로 그거야." 나는 말했다. "만약 빵가게 주인이 그때 우리에게 설거지나 유리창 닦기를 요구했다면 우리는 단호히 거부하고 냅다 빵을 강탈했겠지. 하지만 주인은 그런 요구는 하지 않고 그저 단순하게 바그너의 LP를 듣길 원했어. 그래서 나와 친구는 몹시 혼란스러웠던 거야. 당연하겠지만 바그너가 나오리라고는 꿈에도 생각지 못했거든. 그건 마치 우리에게 내린 저주 같은 거였어. 지금 생각해보면 우리는 그런 제안에 귀를 기울일 게 아니라 처음 계획한 대로 칼로 놈을 협박해서 단순하게 빵을 강탈해야 했어. 그러면 아무 문제 없었을 텐데."

"무슨 문제라도 생겼어?"

나는 또 손목 안쪽으로 눈두덩을 비볐다.

"그랬어." 나는 대답했다. "하지만 그건 눈에 확실히 보이는 구체적인 문제는 아냐. 그저 여러 가지 일이 그 사건을 경계로 천천히 변해갔을 뿐이니까. 그리고 한번 변해버린 것은 더는 원래대로 돌아가지 않았어. 결국 나는 대학으로 돌아가 무사히 졸업했고, 법률사무소에서 일하면서 사법고시 공부를 했지. 그리고 당신을 만나 결혼했고. 두 번 다시 빵가게를 습격하는 짓은 안 하게 됐어."

"그게 다야?"

"응, 그게 다야." 나는 이렇게 말하고 남은 맥주를 마셨다. 그것으로 여섯 개의 캔맥주를 전부 비웠다. 재떨이 속에는 여섯 개의 캔꼭지가 벗겨진 인어의 비늘처럼 남아 있었다.

물론 정말로 아무 일도 일어나지 않았던 것은 아니다. 또렷이 눈에 보이는 구체적인 일만도 몇 가지가 일어났다. 그러나 그것에 대해서는 아내에게 말하고 싶지 않았다.

"그래서 그 친구는 지금 어떻게 지내?" 아내가 물었다.

"몰라." 나는 답했다. "그후 우리는 사소한 일로 헤어졌어. 그 뒤로는 한 번도 만난 적이 없고 지금 어디서 뭘 하는지도 몰라."

아내는 잠시 묵묵히 있었다. 아마 아내는 나의 어조가 어딘지 모르게 명료하지 못하다고 생각했을 것이다. 그러나 아내는 그

점에 관해서는 굳이 더 언급하지 않았다.

"그렇지만 당신들이 콤비를 해체한 것은 그 빵가게 습격사건이 직접적인 원인이었지?"

"아마도. 그 사건으로 우리가 받은 충격은 생각보다 훨씬 강렬했어. 우리는 그후 빵과 바그너의 상관관계에 대해 며칠이나 얘기를 나누었지. 과연 우리의 선택이 옳았는가에 대해서. 그러나 결론이 나지 않았어. 평범하게 생각하면 결론은 옳은 선택이었다는 거야. 누구 하나 상처 입지 않고 각자 일단은 만족했으니까. 빵가게 주인은—어째서 그런 짓을 했는지 아직도 이해할 수 없지만, 어쨌든—바그너를 잘 홍보했고, 우리는 배불리 빵을 먹었지. 그럼에도 우리는 거기에 뭔가 중대한 실수가 있다고 느낀 거야. 그리고 원리는 알 수 없지만, 그 오류는 우리 일상에 어두운 그림자를 드리운 듯했어. 내가 아까 저주라는 단어를 쓴 건 그 때문이야. 그건 의혹의 여지 없이 저주 같은 것이었어."

"그 저주는 이제 사라졌을까? 두 사람에게서?"

나는 재떨이 속에 있는 캔꼭지 여섯 개로 팔찌 크기의 알루미늄 고리를 만들었다.

"그건 나도 몰라. 세상에는 꽤 많은 저주가 넘쳐나는 듯하고, 뭔가 안 좋은 일이 생긴다 해도 그게 어느 저주 탓인지 확인해볼 재주는 없으니까."

"아냐, 그렇지 않아." 아내는 내 눈을 지그시 바라보며 말했다. "잘 생각해보면 알 수 있을 거야. 그리고 당신이 제 손으로 그 저주를 풀지 않는 한, 그건 충치처럼 죽을 때까지 당신을 괴롭힐 거야. 당신뿐만 아니라 나 역시 포함해서."

"당신을?"

"왜냐하면 지금은 내가 당신의 파트너잖아." 그녀는 말했다. "예를 들어 지금 우리가 느끼는 이 공복이 그런 거지. 결혼하기 전에 난 이렇게 지독한 공복감을 느낀 적이 단 한 번도 없었어. 너무 이상하지 않아? 분명 당신에게 내린 저주에 나까지 말려든 거야."

나는 고개를 끄덕이며 고리를 이룬 캔꼭지를 다시 하나하나 분리해서 도로 재떨이 속에 넣었다. 아내의 말이 진실인지 아닌지는 모르겠다. 하지만 듣고 보니 그럴지도 모른다는 느낌이 들었다.

한동안 의식 바깥으로 멀어져 있던 공복감이 다시 찾아왔다. 그 허기는 아까보다 훨씬 강렬해서 머리 심지까지 지끈거리며 아파왔다. 위 바닥이 옥죄이더니 그 경련이 클러치 와이어를 통해 머리 중심으로 전도되었다. 내 몸속에는 다양하고 복잡한 기능이 내재되어 있는 것 같았다.

나는 또 해저화산으로 시선을 돌렸다. 바닷물은 좀 전보다 훨씬 투명해져서 자세히 보지 않으면 그곳에 물이 존재하는 것조차 모르고 지나칠 정도였다. 마치 보트가 아무런 받침대 없이 공중에 덩그러니 떠 있는 듯하다. 그리고 바닥에 있는 작은 돌멩이 하나하나가 손에 잡힐 듯이 선명하게 보인다.

"당신과 함께 산 지 아직 반달 정도밖에 안 됐지만, 확실히 나는 신변에 일종의 저주를 느껴왔어." 그녀는 말했다. 그리고 내 얼굴에 시선을 고정한 채 테이블 위에서 양손을 깍지 끼었다. "물론 당신 얘기를 듣기 전까지는 그게 저주란 걸 몰랐지만, 이제 확실히 알 것 같아. 당신은 저주받은 거야."

"당신이 느끼는 저주라는 게 어떤 건데?" 내가 물었다.

"몇 년 동안 빨지 않은 먼지투성이 커튼이 천장에서 축 늘어져 있는 것 같아."

"그건 저주가 아니라 나 자신일지도 몰라." 나는 웃으면서 말했다.

아내는 웃지 않았다.

"그렇지 않아. 그렇지 않다는 건 내가 잘 알아."

"만약 당신 말대로 그게 저주라면." 나는 물었다. "난 대체 어떻게 해야 돼?"

"한 번 더 빵가게를 습격하는 거야. 그것도 지금 당장." 그녀는 딱 잘라 말했다. "그것 말고는 이 저주를 풀 방법이 없어."

"지금 당장?" 나는 되물었다.

"응, 지금 당장. 이 공복감이 계속되는 동안. 미처 다하지 못했던 것을 지금 하는 거야."

"그렇지만 이런 오밤중에 문을 연 빵가게가 있을까?"

"찾아야지." 아내는 말했다. "도쿄는 넓은 곳이야. 분명 어딘가에 24시간 영업을 하는 빵가게가 한 군데쯤은 있을 거야."

나와 아내는 중고 도요타 코롤라를 타고 빵가게를 찾아 새벽 두시 반의 도쿄 시내를 헤맸다. 내가 핸들을 잡고 아내는 조수석에 앉아 도로 양쪽을 향해 맹금류 같은 날카로운 시선을 보냈다. 뒷좌석에는 레밍턴의 자동 산탄총이 경직된 가늘고 긴 물고기처럼 뉘어 있고, 아내가 걸친 겨울 파카 주머니에서는 예비 산탄이 달그락거리는 마른 소리를 냈다. 그리고 글로브에는 검은색 스키 마스크 두 개가 들어 있었다. 어째서 아내가 산탄총을 가지고 있는지 나는 짐작도 할 수 없었다. 스키 마스크도 마찬가지다. 나도 아내도 스키 같은 것은 한 번도 타본 적이 없다. 그러나 아내는 그것에 대해 일일이 설명하지 않았고 나도 묻지 않았다. 결혼생활이라는 건 뭔지 모르게 기묘한 것이라는 느낌이 들 뿐이었다.

그러나 완벽하다고 할 수 있는 장비를 갖췄음에도 불구하고 우리는 24시간 영업을 하는 빵가게를 한 군데도 발견하지 못했다. 나는 요요기에서 신주쿠, 그리고 요쓰야, 아카사카, 아오야마, 히로오, 롯폰기, 다이칸야마, 시부야의 텅 빈 밤길로 차를 몰았다. 심야의 도쿄에는 각양각색의 인간들이며 가게들의 모습이 눈을 끌었지만 빵가게만은 없었다. 그들은 한밤중에 빵을 굽지 않았다.

우리는 도중에 두 번 경찰차를 만났다. 한 대는 도로 옆에 가만히 차를 세워두고 있었고, 다른 한 대는 뒤따라오다가 비교적 느린 속도로 우리 차를 추월해 갔다. 나는 그때마다 겨드랑이 아래에 땀이 배어나왔지만, 아내는 그런 것에는 눈길 한번 주지 않고 오로지 빵가게 찾기에만 혈안이 되어 있었다. 그녀가 몸의 각도를 바꿀 때마다 주머니의 산탄이 베갯속 메밀껍질 같은 소리를 냈다.

"이제 포기하자." 나는 말했다. "이런 밤중에 문을 연 빵가게가 있을 리 없잖아. 이런 일은 역시 사전조사를 해야—"

"세워!" 아내가 당돌하게 말했다.

나는 황급히 브레이크를 밟았다.

"이곳으로 하자." 아내는 조용한 어조로 말했다.

나는 핸들을 잡은 채 주위를 둘러보았지만 주변에 빵가게다운 것은 눈에 띄지 않았다. 도로가의 상점이란 상점은 모두 거무칙

칙한 셔터를 내리고 있었고 주변에는 정적이 감돌았다. 이발소 간판이 뒤틀린 의안처럼 어둠 속에 차갑게 떠올라 있었다. 200미터쯤 앞쪽에 맥도날드의 환한 간판이 보일 뿐.

"빵가게 같은 건 없는걸." 나는 말했다.

그러나 아내는 말없이 글로브를 열어 헝겊 접착테이프를 꺼내 들고 차에서 내렸다. 나도 반대쪽 문을 열고 내렸다. 아내는 차 앞에 쪼그리고 앉아 적당한 길이로 자른 접착테이프를 번호가 보이지 않게 번호판에 붙였다. 그리고 차 뒤로 돌아가 그쪽 번호판도 같은 방법으로 가렸다. 아주 익숙한 손놀림이었다. 나는 멍하니 서서 그런 아내를 지켜보았다.

"저 맥도날드를 습격하는 거야." 아내는 말했다. 마치 저녁 메뉴를 말해줄 때처럼 가벼운 말투였다. "맥도날드는 빵가게가 아냐." 나는 지적했다.

"빵가게 같은 거잖아." 아내는 이렇게 말하고 차 안으로 들어갔다. "어떤 경우에는 타협도 필요해. 어쨌든 맥도날드 앞에 세워."

나는 포기하고 200미터쯤 차를 몰고 가서 맥도날드 주차장에 세웠다. 주차장에는 번쩍번쩍한 빨간색 블루버드 한 대만 덩그러니 서 있었다. 아내는 수건으로 감싼 산탄총을 내게 내밀었다.

"그런 거 쏜 적도 없고, 쏘고 싶지도 않아." 나는 항의했다.

"쏠 필요는 없어. 그냥 들고만 있어도 돼. 아무도 저항 같은 건

하지 않을 거니까." 아내가 말했다. "괜찮지? 내 말대로 하는 거야. 먼저 둘이서 당당하게 가게에 들어가. 그리고 점원이 '어서 오세요, 맥도날드입니다' 하고 인사하면 그걸 신호로 얼른 스키마스크를 뒤집어쓰는 거야. 알았지?"

"그건 알겠는데, 그래도—"

"그리고 당신은 점원에게 총을 들이대고 모든 종업원과 손님들을 한데 모아. 민첩하게 해야 해. 그다음은 내가 알아서 할 테니까 맡겨줘."

"그렇지만……"

"햄버거는 몇 개 정도 필요할까?" 그녀가 내게 물었다. "서른 개 정도 있으면 될까?"

"대충." 나는 건성으로 대답했다. 그리고 한숨을 쉬며 산탄총을 받아들고 수건을 조금 걷어보았다. 총은 모래 자루처럼 무겁고 밤의 어둠처럼 검디검었다.

"정말 이렇게 할 필요가 있을까?" 나는 말했다. 그것은 반은 아내에게, 반은 나 자신에게 하는 질문이었다.

"물론." 아내는 대답했다.

"어서 오세요, 맥도날드입니다." 맥도날드 모자를 쓴 카운터의 여자아이가 맥도날드적 미소를 띠며 인사했다. 나는 심야의 맥도날드에는 남자만 일하는 줄 알았기 때문에 그녀의 모습을 보는 순간 머리가 혼란스러웠지만, 그래도 이내 생각을 고쳐먹고 스키 마스크를 머리에서부터 푹 뒤집어썼다.

카운터의 여자아이는 갑자기 스키 마스크를 뒤집어쓴 우리의 모습을 아연한 표정으로 바라보았다.

그런 상황에 대한 대처법은 '맥도날드 접객 매뉴얼' 어디에도 나와 있지 않은 것이다. 여자아이는 "어서 오세요, 맥도날드입니다" 다음의 멘트를 해야 했지만 입이 얼어붙어 말이 나오지 않는 듯했다. 그래도 영업용 미소만은 새벽녘 그믐달처럼 아슬아슬하게 입가에 걸려 있었다.

나는 되도록 황급히 수건을 풀고 총을 꺼내 테이블 쪽으로 향했지만 그곳에는 학생으로 보이는 커플 한 쌍뿐이었다. 더구나 그들은 플라스틱 테이블에 엎드려 푹 자고 있었다. 테이블 위에는 그들의 머리 두 개와 딸기 셰이크 컵 두 개가 전위적인 오브제처럼 정연하게 나란히 놓여 있었다. 죽은듯이 잠든 두 사람을 내버려둔다고 해서 우리의 작업에 크게 지장이 있을 것 같지도 않았다. 그래서 나는 총구를 카운터 안으로 향했다.

맥도날드 종업원은 전부 세 명이었다. 카운터의 여자아이와 이십대 후반으로 보이는 혈색이 좋지 않은 계란형 얼굴의 점장과 표정이 거의 느껴지지 않는 옅은 그림자 같은 아르바이트 학생 조리장. 세 사람은 계산대 앞에 모여 잉카의 우물을 바라보는 관광객 같은 시선으로 내가 겨눈 총구를 뚫어지게 응시했다. 누구도 비명을 지르지 않았고 누구도 덤벼들지 않았다. 총이 너무 무거워서 나는 방아쇠에 손가락을 건 채 총신을 금전등록기 위에 올려놓았다.

“돈은 드리겠습니다.” 점장이 잠긴 목소리로 말했다. “열한시에 수금해가서 그리 많지는 않습니다만, 전부 드리겠습니다. 보험에 들어 있으니 드려도 상관없습니다.”

“정면 셔터를 내리고 간판의 전원을 꺼.” 아내가 말했다.

“잠깐만요.” 점장은 말했다. “그건 곤란합니다. 마음대로 가게를 닫으면 제가 문책당합니다.”

아내는 같은 명령을 한 번 더 천천히 되풀이했다.

“시키는 대로 하는 편이 좋을걸.” 나는 충고했다. 점장이 꽤 망설이는 눈치였기 때문이다.

점장은 금전등록기 위의 총구와 아내의 얼굴을 잠시 번갈아 보았다. 이윽고 포기했는지 간판 불을 끄고 패널 스위치를 눌러 정문 셔터를 내렸다. 나는 혼란스러운 틈을 타 그가 비상경보장치인지 뭔지 하는 버튼을 누르는 게 아닐까 하고 계속 경계했지만 어쩐 일인지 맥도날드 햄버거 체인점에는 비상경보장치가 설치되어 있지 않은 듯했다. 햄버거 가게가 습격받을지도 모른다는 생각은 누구도 하지 않은 것이다.

방망이로 양동이를 두들기는 듯한 요란한 소리를 내며 정문 셔터가 닫힌 뒤에도 테이블의 커플은 여전히 쌕쌕거리며 자고 있었다. 나는 그렇게까지 깊이 자본 기억이 까마득하다.

"빅맥 서른 개, 테이크아웃으로." 아내는 말했다.

"돈은 충분히 드릴 테니 어디 다른 가게에 가서 사드시면 안 될까요." 점장이 말했다. "장부 정리가 몹시 번거로워지거든요. 그러니까—"

"시키는 대로 하는 게 좋을걸." 나는 되풀이했다.

세 사람은 나란히 조리실에 들어가 서른 개의 빅맥을 만들기 시작했다. 아르바이트 학생이 햄버거를 굽고 점장이 그것을 빵에 끼우고 여자아이가 하얀 포장지로 쌌다. 그동안 누구 하나 입을 떼지 않았다. 나는 대형 냉장고에 기대어 산탄총의 총구를 철판 위로 향했다. 철판 위에서 고기가 갈색 물방울무늬처럼 나란히 누워 지직거리는 소리를 냈다. 고기가 구워지는 맛있는 냄새가 마치 눈에 잘 보이지 않는 미세한 벌레 무리처럼 내 몸 이곳저곳의 모공으로 파고들어와 혈액에 섞여 몸 구석구석을 돌아다녔다. 그리고 최종적으로 내 몸 한가운데 발생한 허기의 동굴에 집결해 그 핑크색 벽면에 착 달라붙었다.

하얀 포장지에 싸여 차곡차곡 쌓여가는 햄버거를 한두 개쯤 손에 들고 당장이라도 먹어치우고 싶은 충동을 느꼈지만, 그런 행위가 우리의 목적에 부응하는 거라는 확신이 아직 서지 않았기 때문에, 일단 서른 개의 햄버거를 하나도 남김없이 다 만들 때까지 참고 기다리기로 했다. 조리실 안이 더워서 스키 마스크 아래로 땀이 흐르기 시작했다.

세 사람은 햄버거를 만들면서 이따금 총구를 힐끔힐끔 쳐다보았다. 나는 때때로 왼손 새끼손가락 끝으로 양쪽 귀를 긁었다. 긴장하면 귀가 가려워진다. 스키 마스크 위로 귀를 후빌 때마다 불안정하게 아래위로 흔들리는 총구가 세 사람의 기분을 묘하게 더 자극하는 것 같았다. 총에는 안전장치가 걸려 있어서 오발의 염려는 없었지만 세 사람은 알 리 없었고, 내 쪽에서도 일부러 가르쳐줄 생각은 없었다.

세 사람이 햄버거를 만들고 내가 총구를 철판에 겨냥한 채 지켜보고 있는 동안, 아내는 테이블 쪽을 돌아보기도 하고 완성된 햄버거 수를 세기도 했다. 그녀는 포장한 햄버거를 종이봉투에 차곡차곡 넣었다. 종이봉투 하나당 열다섯 개의 빅맥이 들어갔다.

"어째서 이런 짓을 하는 거예요?" 여자아이가 나를 보고 물었다. "돈을 가지고 도망가서 좋아하는 걸 사먹으면 될 텐데. 뭣보다도 빅맥 서른 개를 먹는 게 무슨 도움이 되는 거죠?"

나는 아무 대답도 하지 않고 고개를 가로저었다.

"나쁘다고는 생각하지만 문을 연 빵가게가 없어서." 아내가 그 여자아이에게 설명했다. "문을 연 빵가게가 있었더라면 틀림없이 거길 습격했을 텐데."

그런 설명이 상황을 이해하는 데 어떤 단서가 되리라는 생각은 조금도 들지 않았지만, 어쨌든 그들은 더는 입을 떼지 않고 묵묵히 고기를 구워 빵에 끼우고 그것을 포장지로 쌌다.

손에 들기 좋은 종이봉투 두 개에 서른 개의 빅맥이 채워지자 아내는 라지 사이즈 콜라 두 잔을 주문하더니 그 값을 지불했다.

"빵 외에는 아무것도 훔칠 생각이 없어." 아내는 여자아이에게 설명했다. 여자아이는 복잡한 형태로 머리를 움직였다. 고개를 가로젓는 것 같기도 하고, 끄덕이는 것 같기도 했다. 아마 두 동작을 동시에 한 것이리라. 나는 왠지 모르게 여자아이의 마음을 알 것 같았다.

아내는 주머니에서 짐을 꾸리는 데 쓰는 가는 끈을 꺼내—그녀는 무엇이든 갖고 있었다—세 사람의 몸을 마치 단추라도 다는 것처럼 요령 있게 기둥에 묶었다. 세 사람은 이제 무슨 말을 해도 소용없다는 걸 깨달았는지 잠자코 하는 대로 몸을 맡겼다. 아내가 "아프지 않아?"라거나 "화장실 가고 싶지 않아?" 하고 물어도 그들은 한 마디도 하지 않았다. 나는 수건에 총을 싸고,

아내는 양손에 맥도날드 마크가 그려진 종이봉투를 들고, 셔터 틈새로 가게를 빠져나왔다. 테이블의 커플은 그때까지도 심해어처럼 곤히 잠들어 있었다. 대체 그 무엇이 두 사람의 깊은 잠을 깨울 수 있을지 궁금했다.

삼십 분쯤 달린 후 적당한 빌딩 주차장에 차를 세우고, 우리는 햄버거와 콜라를 실컷 먹고 마셨다. 나는 전부 여섯 개의 빅맥을 위의 동굴로 밀어넣었고 아내는 네 개를 먹었다. 그래도 뒷좌석에는 아직 스무 개의 빅맥이 남아 있었다. 날이 새면서 저 영원으로 이어질 것만 같던 우리의 깊은 허기도 소멸되어가고 있었다. 첫 햇살에 얼룩진 벽면이 오렌지빛으로 물들고, '소니 베타 하이파이'의 거대한 광고탑이 눈부시게 빛났다. 때때로 지나가는 장거리 화물트럭의 타이어 소리에 섞여 새소리가 들려왔다. FEN*에서는 컨트리 뮤직이 흘러나왔다. 우리는 둘이서 담배 한 개비를 나눠 피웠다. 담배를 다 피우자 아내는 내 어깨에 살며시 머리를 기댔다.

"정말 이럴 필요까지 있었을까?" 나는 한 번 더 그녀에게 물어보았다.

---

* 극동 미군 방송.

“물론이지.” 아내는 대답했다. 그리고 딱 한 번 깊은 한숨을 내쉰 뒤 잠이 들었다. 그녀의 몸은 고양이처럼 부드럽고 또 가벼웠다.

혼자가 된 나는 보트에서 몸을 내밀어 바닷속을 들여다보았지만 이미 그곳에 해저화산의 모습은 보이지 않았다. 고요한 수면에는 푸른 하늘이 비치고, 작은 파도가 바람에 펄럭이는 실크 파자마처럼 보트의 측판을 부드럽게 때리고 있을 뿐이었다.

나는 보트 바닥에 누워 눈을 감은 채, 밀물이 나를 적당한 곳으로 데려다주기를 기다렸다.

빵가게 습격

어쨌든 우리는 배가 고팠다. 아니, 배가 고픈 정도가 아니었다. 마치 우주의 공백을 그대로 삼켜버린 기분이었다. 처음에 그것은 아주 작은, 도넛 구멍처럼 작은 공백이었지만, 날이 갈수록 우리 몸속에서 점점 커지더니 결국은 끝 모를 허무가 되었다. 장중한 BGM이 울리는 공복의 금자탑이다.

어째서 공복감이 생기는가? 물론 식료품이 없어서다. 어째서 식료품이 없는가? 마땅한 등가교환물이 없기 때문이다. 그러면 어째서 우리에겐 등가교환물이 없는가? 아마도 우리에게 상상력이 부족하기 때문이다. 아니, 공복감은 직접적으로 상상력의 부족 때문에 생기는지도 모른다.

어쨌든 좋다.

신도 마르크스도 존 레넌도 모두 죽었다. 아무튼 우리는 배가 고팠고 그 결과 악으로 치달리려 하고 있었다. 공복감이 우리를 악으로 치달리게 한 게 아니라 악이 공복감으로써 우리를 치달리게 한 것이다. 뭐가 뭔지 잘 모르겠지만 꼭 실존주의 같다.

"야, 진짜 돌아버리겠다." 동료가 말했다. 짧게 말하자면 그런 심정이었다.

무리도 아니지, 우리는 벌써 만 이틀 동안 물밖에 마시지 못했다. 딱 한 번 해바라기 잎을 먹어보았지만 다시 먹고 싶은 생각은 들지 않았다.

그래서 우리는 식칼을 들고 빵가게로 갔다. 빵가게는 상점가 한복판에 있고, 양쪽은 이불가게와 문방구점이었다. 빵가게 아저씨는 머리가 벗어진 쉰 넘은 공산당원이었다.

우리는 손에 식칼을 들고 빵가게를 향해 천천히 상점가를 걸었다. 〈한낮의 결투〉 같은 느낌이었다. 걸어갈수록 빵 굽는 냄새가 점점 강해졌다. 그리고 그 냄새가 강해지면 강해질수록 우리가 악으로 기우는 정도도 심해졌다. 빵가게를 습격하고 공산당원을 습격하는 것에 우리는 흥분했고, 그것이 동시에 이뤄지고 있음에 히틀러유겐트*처럼 감동했다.

---

* 나치스 독일의 청소년 조직.

이미 늦은 오후라 빵가게 안에는 손님이 한 명밖에 없었다. 촌스러운 장바구니를 든, 정말이지 감각 없어 보이는 아줌마다. 아줌마 주위에는 위험한 냄새가 감돌았다. 범죄자의 계획범행에는 언제나 감각 없는 아줌마가 훼방을 놓는다. 적어도 텔레비전 범죄 드라마에선 언제나 그렇다. 나는 동료에게 아줌마가 나갈 때까지는 아무것도 하지 말자고 눈으로 신호를 보냈다. 그리고 식칼을 몸 뒤로 숨기고 빵을 고르는 척했다.

아줌마는 정신이 아득해질 정도로 긴 시간을 들여서 마치 옷장과 삼면경을 고르듯 신중하게 튀김빵과 메론빵을 쟁반에 올렸다. 그러나 바로 그걸 사진 않았다. 튀김빵과 메론빵은 그녀에게 하나의 테제에 지나지 않았다. 혹은 아득한 극북極北이다. 그녀가 거기에 적응하려면 아직 더 시간이 필요했다.

시간이 흘러 먼저 메론빵이 테제의 지위에서 떨어져나갔다. 어째서 메론빵 따위를 고른 거지, 하고 그녀는 고개를 저었다. 이런 걸 고르는 게 아니었어. 일단 너무 달아.

그녀는 메론빵을 선반에 돌려놓고 잠시 생각하더니 크루아상 두 개를 쟁반에 조심스레 올렸다. 새로운 테제의 탄생이다. 빙산이 희미하게 녹아들고 구름 사이로는 봄 햇살마저 쏟아지기 시작했다.

“아직 멀었나.” 동료가 작은 소리로 말했다. “여자도 같이 죽여버리자.”

“좀 기다려.” 나는 그를 말렸다.

빵가게 주인은 우리를 아랑곳 않고 라디오 카세트에서 흘러나오는 바그너에 귀기울이고 있었다. 공산당원이 바그너를 듣는 것이 과연 옳은 행위인지 어떤지 나는 잘 모르겠다.

아줌마는 크루아상과 튀김빵을 빤히 바라보았다. 뭔가 이상하다. 부자연스럽다. 크루아상과 튀김빵은 절대 같은 줄에 세우면 안 될 텐데. 뭔지 모를 상반된 사상의 존재를 그녀는 느낀 것 같았다. 온도조절기가 고장난 냉장고처럼, 빵을 담은 쟁반은 그녀의 손안에서 달달달 흔들렸다. 물론 정말로 흔들린 건 아니다. 어디까지나 비유적으로—흔들린 것이다. 달달달달달.

“죽여버리자.” 동료가 말했다. 그는 공복감과 바그너와 아줌마가 내뿜는 긴장감 때문에 복숭아 솜털처럼 예민해져 있었다. 나는 잠자코 고개를 저었다.

아줌마는 아직도 쟁반을 들고 도스토옙스키적인 지옥을 헤맸다. 튀김빵이 먼저 연단에 서서 로마 시민을 향해 감동적이라고 못 할 것도 없는 연설을 했다. 아름다운 어구, 훌륭한 수사, 쭉 뻗는 바리톤…… 짝짝짝 모두가 박수를 보냈다. 다음으로 크루아상이 연단에 서서 교통신호에 대해 어딘가 두서없는 연설을 했다. 좌회전 차량은 정면에 파란불이 켜지면 직진하고, 마주 오는 차가 없는지 잘 확인한 후 좌회전합니다, 뭐 이런 식이다. 로마 시민은 무슨 소린지 잘 못 알아들었지만, 어쩐지 무척 어려운 이야기 같아서 또 짝짝짝 박수를 쳤다. 박수는 크루아상 쪽이 조금 더 컸다. 그리고 튀김빵은 원래 자리로 돌아갔다.

아줌마의 쟁반에 극히 단순한 완벽함이 찾아왔다. 크루아상 두 개.

그리고 아줌마는 가게를 나갔다.

자, 다음은 우리 차례다.

"배가 고파 죽겠습니다." 나는 주인에게 털어놓았다. 식칼은 몸 뒤에 숨긴 상태다. "그런데 돈이 한 푼도 없어요."

"오호." 주인은 고개를 끄덕였다.

계산대 위에 손톱깎이가 한 개 놓여 있어서 우리 둘은 그 손톱깎이를 빤히 바라보았다. 독수리 발톱도 깎을 수 있을 만큼 거대한 손톱깎이였다. 아마 무슨 농담을 하려고 만든 것이리라.

"그렇게 배가 고프면 빵을 먹으면 되지." 주인이 말했다.

"그런데 돈이 없어요."

"아까도 말했잖아." 주인이 말했다. "돈은 필요 없으니 실컷 먹어."

나는 다시 손톱깎이를 보았다. "아시겠어요? 우리는 악으로 치달리고 있다고요."

"응, 응."

"그러니까 남의 은혜를 입을 수는 없어요."

"응."

"그런 얘깁니다."

"과연." 주인은 다시 한번 고개를 끄덕였다. "그럼 이렇게 하지. 자네들은 빵을 실컷 먹어. 대신 나는 자네들을 저주하겠네. 그럼 됐나?"

"저주하다니, 어떤 식으로요?"

"저주는 언제나 불확실하지. 버스 시간표와는 달라."

"어이, 잠깐만." 동료가 끼어들었다. "나는 싫어, 저주받고 싶지 않아. 그냥 죽여버리자."

"잠깐, 잠깐." 주인이 말했다. "나는 죽고 싶지 않아."

"나는 저주받고 싶지 않다고." 동료가 말했다.

"하지만 뭔가 교환이 필요해." 내가 말했다.

우리는 잠시 손톱깎이를 노려보며 입을 다물었다.

"어떤가," 주인이 물었다. "자네들은 바그너를 좋아하나?"

"아뇨." 내가 대답했다.

"싫은데." 동료가 말했다.

"좋아해주면 빵을 먹게 해주지."

마치 암흑대륙의 선교사 같은 얘기였지만 우리는 얼른 그 제안을 받아들였다. 적어도 저주받는 것보다는 훨씬 낫다.

"좋아합니다." 나는 말했다.

"나도 좋아." 동료가 말했다.

그리고 우리는 바그너를 들으면서 빵을 실컷 먹었다.

"음악사에 찬연히 빛나는 이 〈트리스탄과 이졸데〉는 1859년에 발표되었고, 후기 바그너를 이해하는 데 빼놓을 수 없는 중요한 작품입니다."

주인이 해설서를 읽어주었다.

"흠흠."

"우적우적."

"콘월 국왕의 조카 트리스탄은 삼촌의 약혼자인 이졸데 공주를 맞이하러 갔다가 돌아오는 배에서 그녀와 사랑에 빠져버립니다. 서두에 나오는 첼로와 오보에의 아름다운 테마가 이 두 사람의 사랑의 모티프입니다."

두 시간 뒤, 우리는 서로에게 만족하고 헤어졌다.

"내일은 〈탄호이저〉를 듣자고." 주인이 말했다.

집에 돌아왔을 때 우리 안의 허무는 완전히 사라지고 없었다.

그리고 완만한 언덕을 굴러떨어지듯이 상상력이 달그락달그락 움직이기 시작했다.

코끼리의 소멸

마을의 코끼리 축사에서 코끼리가 사라졌다는 사실을, 나는 신문을 보고 알았다. 그날도 평소와 다름없이 여섯시 반에 맞춰 놓은 시계의 알람 소리에 눈을 떴다. 그리고 주방으로 가서 커피를 끓이고 토스트를 굽고, FM 라디오 스위치를 켜고, 토스트를 먹으면서 조간을 테이블 위에 펼쳤다. 나는 1면부터 차례대로 신문을 읽어가는 타입이어서 코끼리 소멸에 대한 그 기사와 맞닥뜨리기까지는 제법 시간이 걸렸다. 먼저 제1면에 무역 마찰 문제와 SDI*에 관한 기사가 있고, 국내 정치면이 있고, 국제 정치면이 있고, 경제면이 있고, 투고란이 있고, 독서란이 있고, 부동산

* 전략방위구상. 우주 공간에 방위망을 구축하려는 미국의 군사 계획을 말한다.

광고 페이지가 있고, 스포츠난이 있고 그다음에 지방판 페이지가 나왔다.

코끼리 소멸에 대한 기사는 지방판 톱으로 실려 있었다.

'○○마을에서 코끼리 행방불명'이라는 지방판으로서는 꽤 큰 헤드라인이 먼저 눈에 들어왔다. 그다음에 '마을 주민들 사이에 불안 고조, 관리책임 추궁의 목소리도'라는 조금 작은 크기의 소제목이 이어졌다. 몇몇 경찰이 코끼리가 없어진 축사를 검증하는 사진도 실려 있었다. 코끼리가 없는 코끼리 축사는 어딘지 모르게 부자연스러웠다. 필요 이상으로 휑하고 무표정해서, 마치 내장을 다 들어내고 건조시킨 거대 생물처럼 보였다.

나는 신문 위에 떨어진 빵 부스러기를 털어내고 그 기사를 한 줄 한 줄 주의깊게 읽었다. 기사에 따르면 사람들이 코끼리가 없어진 사실을 깨달은 것은 5월 18일(즉, 어제) 오후 두시였다. 평소처럼 코끼리 사료를 트럭으로 날라온 급식회사 사람이(코끼리는 공립 초등학교의 학생들이 남긴 급식 잔반을 주식으로 했다) 축사가 텅 빈 모습을 발견한 것이다. 코끼리 발을 묶고 있던 철제 족쇄는 마치 코끼리가 발만 쏙 뺀 것처럼 열쇠가 채워진 채 거기 남아 있었다. 사라진 것은 코끼리뿐만이 아니었다. 줄곧 코끼리를 돌보아온 남자 사육사도 코끼리와 함께 자취를 감추었다.

사람들이 마지막으로 코끼리와 사육사의 모습을 본 것은 그

전날(즉, 5월 17일) 저녁 무렵인 다섯시가 지나서였다. 초등학생 다섯 명이 코끼리를 스케치하기 위해 축사로 찾아와 그 시간까지 크레용으로 코끼리 그림을 그렸다. 그 학생들이 코끼리를 본 최후의 목격자로 그후 코끼리의 모습을 본 사람은 없다—라고 신문기사에는 쓰여 있었다. 왜냐하면 여섯시 사이렌이 울리면 사람들이 안으로 들어가지 못하게 사육사가 코끼리 광장의 문을 닫아버리기 때문이다.

그때는 코끼리도 사육사도 이상한 점이 없었다고 다섯 명의 초등학생은 이구동성으로 증언했다. 코끼리는 언제나처럼 얌전하게 광장 한가운데 서 있다가, 한 번씩 코를 좌우로 흔들거나 주름투성이의 눈을 가늘게 뜨거나 할 뿐이었다. 코끼리는 너무 늙어서 몸을 겨우 움직이는 게 고작이었다. 코끼리를 처음 본 사람은 당장이라도 땅바닥에 쓰러져 숨을 거두지 않을까 불안해할 정도였다.

코끼리를 마을(즉, 내가 사는 마을)에서 맡게 된 것도 그 노령 문제 때문이었다. 마을 교외에 있던 작은 동물원이 경영난을 이유로 폐쇄되면서 동물들은 동물 거래 중개업자의 손을 거쳐 전국의 동물원으로 맡겨졌는데, 그 코끼리만은 너무 늙어서 마땅한 인수처를 찾지 못했다. 어느 동물원이나 이미 충분한 수의 코끼리를 보유하고 있는데다, 당장이라도 심장발작을 일으켜 죽을 것 같은 위태위태한 코끼리를 데려갈 만큼 취향이 특이하고 여유 있는 동물원은 한 군데도 없었다. 그런 이유로 코끼리는 동료 동물들이 한 마리도 남김없이 모조리 모습을 감춰버린 폐허 같은 동물원에 하릴없이—그렇다고 원래 뭔가를 했던 것도 아니지만—삼 개월인가 사 개월 동안 혼자 남게 되었다.

동물원 측에도 마을 측에도 이만저만한 골칫거리가 아니었다. 동물원 측은 이미 택지업자에게 동물원 땅을 매각했고, 업자는 그곳에 고층 맨션을 지을 예정이었고, 마을은 그 업자에게 개발을 허가해주었다. 코끼리 처리 문제를 길게 끌면 끌수록 이자가 쌓여갔다. 그렇다고 해서 코끼리를 죽일 수도 없었다. 거미원숭이나 박쥐라면 몰라도 코끼리 한 마리를 죽이는 것은 사람들의 눈에 쉽게 띄는 일이어서, 만약 진상이 드러날 경우 문제가 커진다. 그래서 삼자가 모여 합의한 끝에 늙은 코끼리의 처치에 관한 협정을 맺게 되었다.

① 코끼리는 마을의 재산으로 마을이 무료로 인수한다.
② 코끼리를 수용할 시설은 택지업자가 무상으로 제공한다.
③ 사육사의 급여는 동물원 측이 부담한다.

이것이 그 삼자 간에 체결된 협정 내용이다. 꼭 일 년 전의 얘기다.

나는 무릇 그 '코끼리 문제'에 처음부터 개인적인 흥미를 가지고 있어 코끼리에 관한 신문기사를 빠짐없이 스크랩하고 있었다. 코끼리 문제를 토론하는 마을 회의에도 나갔다. 그래서 지금 이렇게 일의 추이를 정확하게 줄줄 설명할 수 있다. 얘기가 조금 길어질 수도 있지만, 이 '코끼리 문제'의 처리과정은 코끼리 소멸과 상당히 밀접한 관계가 있을지 모르기 때문에 굳이 여기에 기술해둔다.

촌장이 이 협정을 체결하고 드디어 마을이 코끼리를 인수하게 되었을 때, 의회 야당을 중심으로(그때까지 나는 마을 의회에 야당이 있다는 사실을 전혀 몰랐지만) 반대 운동이 일어났다.

"왜 마을이 코끼리를 인수해야 하는가?" 하고 그들은 촌장에게 따졌다. 그들의 주장을 목록으로 정리해 말하자면(목록이 많아서 미안하지만, 그쪽이 이해하기 쉬울 것 같아서) 아래와 같다.

① 코끼리 문제는 동물원과 택지업자라는 사기업 간의 문제이므로 마을이 관여할 필요는 전혀 없다.

② 관리비, 식비가 너무 많이 든다.

③ 안전문제는 어떻게 하는가?

④ 마을이 자비 부담으로 코끼리를 사육해서 대체 무슨 이득

이 있는가?

이런 내용이었다.

그들은 "코끼리를 키우기 전에 하수도 정비나 소방차 구입 등 마을을 위해 해야 할 일이 산더미처럼 많지 않은가?"라고 반박하며, 그리 노골적으로 말하지는 않았지만 촌장과 업자 사이에 뒷거래가 있었던 게 아니냐는 가능성을 암묵적으로 제시했다.

여기에 대해 마을은 이렇게 해명했다.

① 고층 아파트촌이 들어서면 마을의 세금 수입이 비약적으로 증대해 코끼리 사육비 정도는 문제가 되지 않고, 그런 프로젝트에 마을이 관여하는 것은 당연한 일이다.

② 코끼리는 고령이고, 식욕도 대단치 않다. 사람에게 해를 끼칠 우려도 전혀 없다.

③ 만약 코끼리가 죽으면 코끼리 사육지로 업자에게 제공받은 토지는 마을 소유 재산이 된다.

④ 코끼리는 마을의 상징이 된다.

결국 긴 토론 끝에 마을은 코끼리를 인수하게 되었다. 옛날부터 교외 주택가였기 때문에 마을 사람들 대부분이 비교적 여유롭게 생활하고 있었고 마을 재정도 넉넉했다. 게다가 갈 곳 없는 코끼리를 인수하는 데 사람들은 호의적이었다. 확실히 사람들은 하수도를 정비하거나 소방차를 사는 것보다는 늙은 코끼리 쪽에 호감을 가졌다.

나도 마을에서 코끼리를 키우는 데는 찬성이었다. 고층 아파트촌이 형성되는 것은 짜증스러웠지만, 그래도 우리 마을이 코끼리 한 마리를 보유하는 건 그다지 나쁘지 않은 듯했다.

개간한 산림에 지은 노후한 초등학교 체육관을 그곳 축사로 옮겨왔다. 동물원에서 내내 코끼리를 돌보았던 사육사가 와서 그곳에서 같이 지내기로 했다. 초등학생들이 급식으로 먹고 남은 음식 찌꺼기를 코끼리의 사료로 공급하기로 했다. 그렇게 해서 코끼리는 트레일러로 폐쇄된 동물원에서 새 보금자리로 운반되어 그곳에서 여생을 보내게 되었다.

코끼리 축사의 낙성식에는 나도 참석했다. 코끼리를 앞에 두고 촌장이 연설을 하고(마을의 발전과 문화시설의 충실함에 관해), 초등학생 대표가 작문을 읽고(코끼리야, 건강하게 오래 살아라 등등), 코끼리 사생대회가 열리고(그후 코끼리 사생대회는 마을 초등학생의 미술교육 과정에서 빼놓을 수 없는 중요한 레퍼토리가 되었다), 한들한들한 원피스를 입은 젊은 여성 두 명(그리 미인은 아니었지만)이 코끼리에게 바나나를 한 도막씩 주었다. 코끼리는 거의 미동 한번 하지 않고 상당히 무의미한—적어도 코끼리에게는 완전히 무의미하다—의식을 참아내며 무의식이라고 해도 좋을 정도의 막연한 눈빛을 띤 채 바나나를 우적우적 먹었다. 코끼리가 바나나를 다 먹자 사람들은 박수를 쳤다.

코끼리의 오른쪽 뒷다리에는 튼튼하고 묵직해 보이는 쇠고리가 채워졌다. 고리에서부터 10미터 정도 길게 연결된 사슬은 콘크리트 토대에 단단히 고정되었다. 겉보기에도 무척 탄탄할 것 같은 쇠고리와 사슬은 코끼리가 백 년 동안 온 힘을 들여도 결코 부수지 못할 듯했다.

코끼리가 그 족쇄를 의식하는지 어떤지는 알 수 없다. 그러나 적어도 표면상 코끼리는 자기 발에 채워진 그 쇠로 된 요물에는 전혀 관심이 없어 보였다. 코끼리는 언제나 초점 없는 눈으로 어딘지 알 수 없는 허공의 한 지점을 바라보고 있었다. 바람이 불면 귀와 흰 몸털만 조금씩 흔들릴 뿐이었다.

코끼리 사육사는 깡마르고 자그마한 몸집의 노인이었다. 정확한 나이는 모른다. 육십대 초반일지도 모르고 칠십대 후반일지도 모른다. 세상에는 어떤 시점을 넘으면 겉모습이 나이에 좌우되지 않는 사람이 있는데, 그도 그런 사람 중 하나였다. 피부는 여름 겨울 할 것 없이 검붉게 그을려 있었고, 머리카락은 억세면서 짧고, 눈은 작다. 이렇다 할 특징이 있는 얼굴은 아니지만, 좌우로 솟아난 듯한 원형에 가까운 귀만 전체 얼굴에서 조금 아쉬운 부분으로 도드라졌다.

그는 결코 무뚝뚝한 사람이 아니어서 누가 말을 걸면 반드시 대답을 했고, 말하는 내용도 빈틈이 없었다. 그러려고 마음만 먹으면—약간의 어색함은 느껴질지라도—상냥해질 수도 있었다. 그러나 원칙적으로 그는 말이 없고 고독해 보이는 노인이었다. 아이들을 좋아하는지 아이들이 오면 살갑게 대해주려 했지만 아이들 쪽에서 노인에게 그다지 마음을 주지 않는 것 같았다.

이 사육사에게 마음을 주는 것은 코끼리뿐이었다. 사육사는 축사에 딱 붙여서 만든 조립식 간이 건물에서 숙식하며 아침부터 밤까지 코끼리의 시중을 들었다. 코끼리와 사육사는 벌써 십 년 이상 된 사이로, 둘의 관계가 얼마나 친밀한지는 서로의 사소한 동작과 시선을 보면 알 수 있었다. 한 군데 멈춰 서서 멍하니 있는 코끼리를 어딘가로 이동시키려고 할 때, 사육사는 코끼리 옆에 서서 앞발을 손으로 톡톡 가볍게 치고 뭐라고 속삭이기만 하면 되었다. 그러면 코끼리는 귀찮은 듯이 천천히 몸을 흔들면서 지정된 장소로 정확하게 이동했고, 그곳에 자리를 잡으면 또 이전과 마찬가지로 허공의 한 지점을 응시했다.

나는 주말마다 코끼리 축사에 들러 그런 작업을 주의깊게 관찰했지만, 두 사람의 커뮤니케이션이 어떤 원리에 기초해 이루

어지는지 잘 이해할 수 없었다. 코끼리가 사람의 간단한 말을 알아듣는지도 모르고(어쨌든 오래 살았으니까), 혹은 앞다리를 치는 횟수로 정보를 이해하는지도 모른다. 그도 아니면 그 코끼리에게는 텔레파시에 준하는 특수한 능력이 있고, 그래서 사육사의 생각을 읽는지도 모른다.

내가 한번은 그 사육사 노인에게 "어떤 식으로 코끼리에게 명령하십니까?" 하고 질문한 적이 있다. 노인은 웃으며 "알고 지낸 지 오래니까요"라고 대답할 뿐 그 이상은 아무 설명도 해주지 않았다.

어쨌든 그렇게 해서 별일 없이 일 년이 지났다. 그리고 난데없이 코끼리가 사라져버린 것이다.

나는 두 잔째의 커피를 마시면서 신문기사를 처음부터 다시 한번 꼼꼼히 읽어나갔다. 그것은 상당히 기묘한 기사였다. 셜록 홈스가 파이프를 두들기면서 "왓슨, 이것 좀 보게. 여기 아주 흥미로운 기사가 실렸어" 하고 말할 만한 종류의 기사다.

그 기사가 기묘한 인상을 풍기는 결정적인 요인은 기사를 쓴 기자의 머릿속을 지배하고 있다고 추정되는 망설임과 혼란이었다. 망설임과 혼란은 명백하게 상황의 부조리에 기인하고 있었다. 기자는 그 부조리를 교묘하게 회피해 '그럴듯한' 신문기사를 쓰고자 최대한 노력했지만, 그것이 오히려 그의 혼란과 망설임을 치명적인 지점에 이르게 했다.

예를 들어 기사는 '코끼리가 탈주했다'는 표현을 쓰고 있었지만, 기사 전체를 훑어보면 코끼리가 탈주 같은 것을 하지 않았다는 사실은 불 보듯 뻔했다. 코끼리는 명백하게 '소멸'한 것이다. 기자는 그러한 자기모순을 '세부적으로는 아직 몇 가지의 불명확한 점이 남아 있다'라고 표현하고 있었다. 그러나 나는 도저히 그것이 '세부적'이나 '불명확' 같은 진부한 용어로 정리해버릴 일이라고 생각할 수 없었다.

제일 먼저 코끼리의 발에 채워놓았던 족쇄에 대한 문제가 있다. 족쇄는 여전히 잠긴 채 그곳에 남아 있었다. 가장 타당한 추론은 사육사가 열쇠를 열어 그 족쇄를 코끼리의 발에서 벗긴 뒤, 나중에 열쇠를 다시 채워놓고 코끼리와 함께 달아났다는 것이지만(물론 신문도 그 가능성에 매달리고 있었다), 문제는 사육사가 열쇠를 가지고 있지 않다는 점이다. 안전 확보를 위해 두 개의 열쇠 중 하나는 경찰서의 금고 안에, 다른 하나는 소방서의 금고 안에 보관되어 있어서 사육사가—혹은 다른 누군가가—거기서 열쇠를 훔쳐낸다는 건 거의 불가능했다. 게다가 설령 만에 하나 그것이 가능했다고 하더라도, 사용한 열쇠를 굳이 금고에 도로 가져다놓을 필요는 없을 것이다. 그런데도 다음날 아침 조사해

본 결과 두 개의 열쇠는 경찰서와 소방서의 금고 안에 멀쩡히 있었다. 그렇다면 코끼리는 열쇠를 쓰지 않고 그 튼튼한 족쇄에서 발을 뺐다는 이야기가 되는데, 그런 일은 톱으로 다리를 절단하지 않는 한 절대로 불가능하다.

두번째 문제는 탈출경로였다. 축사와 '코끼리 광장'은 3미터 정도 높이의 튼튼한 울타리에 둘러싸여 있다. 의회에서 코끼리의 안전관리에 대해 지적했을 때, 마을에서는 늙은 코끼리 한 마리에게는 조금 과하다 싶을 정도로 완벽한 경호체제를 만들었다. 울타리는 콘크리트와 굵은 철봉으로 만들어졌는데(비용을 댄 것은 물론 토지회사다), 입구는 하나밖에 없고 그 입구는 안쪽에서 열쇠로 잠가놓았다. 그런 요새 같은 울타리를 넘어 코끼리가 밖으로 나갔을 리 없다.

세번째 문제는 발자국이었다. 축사 뒤쪽은 경사가 가파른 언덕이라 코끼리가 올라갈 수 없기 때문에 만약 코끼리가 어떤 방법으로든 족쇄에서 발을 빼내어 어떤 방법으로든 울타리를 뛰어넘는 데 성공했다 해도, 그후로는 정면으로 난 길을 향해 달아날 수밖에 없었을 것이다. 그런데 보드라운 모래가 깔린 길에는 발자국 같은 것이 하나도 남아 있지 않았다.

요컨대 곤혹과 고통스러운 수사법으로 넘치는 신문기사를 종합해 추측해볼 수 있는 사건의 결론이랄까 본질은 하나밖에 없었다. 즉, 코끼리는 달아난 것이 아니라 '소멸했다'는 것이다.

그러나 물론, 말할 것도 없는 일이지만, 신문도 경찰도 촌장도 코끼리가 소멸했다는 사실을 적어도 표면상으로는 절대 인정하려 들지 않았다. 경찰은 '코끼리는 교묘한 방법으로 계획적으로 강탈되었든지, 누군가가 풀어주었을 가능성이 있다'고 여기고 수사를 진행했고, '코끼리를 숨기는 고충을 생각하면 사건 해결은 시간문제다'라고 낙관적인 예측을 밝혔다. 그리고 경찰은 근교의 사냥 동호회 및 자위대 저격부대에 출동을 요청해 산을 뒤질 생각이었다.

촌장은 기자회견을 열어(이 기자회견 내용은 지방판이 아니라 전국판 사회면에 게재되어 있다), 마을 측 경비체제의 허술함에 대해 사과했다. 그러나 촌장은 동시에 '코끼리의 관리체제는 전국 어느 동물원의 시설과 비교해도 결코 뒤떨어지지 않으며, 기준보다 훨씬 강화했고 만전을 기했다'는 것을 강조하며, 이것은 "악의에 찬 위험하고도 무의미한 반사회적 행위로, 절대 용서할 수 없는 일이다"라고 말했다.

야당 의원들은 일 년 전과 마찬가지로 "기업과 결탁하여 마을 사람들을 코끼리 처리문제에 안이하게 끌어들인 촌장의 정치적 책임을 추궁한다"고 밝혔다.

어떤 어머니(37세)는 "한동안은 아이들을 안심하고 바깥에 내보낼 수 없을 것 같아요" 하고 '불안한 표정'으로 말했다.

신문에는 마을이 코끼리를 인수하게 된 자세한 경위와 코끼리 수용시설의 평면도가 실려 있었다. 코끼리의 약력도 나와 있었고 코끼리와 함께 사라져버린 사육사(와타나베 노보루 · 63세)에 관한 언급도 있었다. 와타나베 사육사는 지바 현 다테야마 출신으로 오랫동안 동물원의 포유류 사육을 담당했으며, '동물에 관한 풍부한 지식과 온후하고 성실한 인품으로 관계자들의 신뢰가 높았다'고 되어 있었다. 코끼리는 이십이 년 전에 동아프리카에서 건너왔지만, 정확한 나이는 알 수 없으며 그 인품에 대해서는 더더욱 알 수 없었다.

기사 제일 마지막에는 경찰이 마을 사람들로부터 코끼리에 관한 어떤 형태의 제보라도 기다린다고 적혀 있었다. 나는 두 잔째의 커피를 마시면서 거기에 대해 한동안 생각해보았지만 역시 경찰에는 전화를 걸지 않기로 했다. 아무래도 경찰과는 그다지 엮이고 싶지 않았고, 게다가 내가 제공하는 정보를 경찰이 신용해줄 것 같지도 않았기 때문이다. 코끼리가 소멸했을 가능성조차 진지하게 고려하지 않는 사람들에게 무슨 얘기를 하든 소용없을 것이다.

나는 책장에서 스크랩북을 꺼내와 신문에서 오려낸 코끼리 관련 기사를 끼워넣었다. 그리고 잔과 접시를 씻어놓고 출근했다.

NHK 저녁 일곱시 뉴스에 산을 수색하는 모습이 나왔다. 마취탄을 넣은 대형 라이플총을 든 사냥꾼들과 자위대원, 경찰, 소방대원들이 근교의 산을 구석구석 이잡듯이 수색하고, 하늘에는 몇 대의 헬리콥터가 선회하고 있었다. 산이라고 해도 도쿄 교외에 있는 주택지 부근의 산이니 웬만큼 알려져 있다. 그만한 수의 사람이라면 하루 만에 수색을 끝낼 수 있을 것이고, 게다가 찾는 대상은 작은 체구의 살인귀가 아니라 거대한 아프리카코끼리다. 몸을 숨길 수 있는 장소는 자연히 한정되어 있다. 그러나 저녁 무렵이 되어도 코끼리는 발견되지 않았다. 텔레비전 화면에 나온 경찰서장은 여전히 "수색을 진행중이다"라고 말했다. 텔레비전 뉴스 캐스터는 "누가 어떤 식으로 코끼리를 탈출시켜 어디에 감췄는지, 그리고 그 동기는 무엇인지, 모든 것은 수수께끼에 싸여 있습니다"라고 마무리지었다.

그리고 며칠인가 수색이 계속되었지만, 결국 코끼리를 발견하지는 못했고 당국은 단서다운 단서 하나 얻지 못했다. 나는 매일 신문을 열심히 읽으며 눈에 띄는 기사를 하나하나 가위로 오려 스크랩했다. 코끼리 사건을 다룬 만화까지 스크랩했다. 덕분에 스크랩북은 이내 가득차서 문구점에서 새 스크랩북을 사와야만 했다. 그러나 그 방대한 양의 기사에도 불구하고, 내가 알고 싶은 사실은 거기에 하나도 쓰여 있지 않았다. 신문에 나온 것은

'여전히 행방불명'이라든가, '고뇌의 기색이 짙은 수색진'이라든가, '배후는 비밀조직인가'라는 식의 무의미한 엉터리 추측들뿐이었다. 그나마도 코끼리가 소멸된 지 일주일이 지난 무렵부터는 그런 기사가 눈에 띄게 줄었고 결국에는 거의 볼 수 없게 되었다. 몇몇 주간지도 흥미 위주의 기사를 실었으며 개중에는 심령술사까지 끌어들인 데도 있었지만, 그것도 결국은 흐지부지 끝나버렸다. 사람들은 코끼리 사건을 이미 선례가 많은 '해결 불능의 수수께끼'라는 카테고리 안에 집어넣으려는 듯 보였다. 늙은 코끼리 한 마리와 늙은 사육사 한 사람이 이 땅에서 소멸되었다 해서 사회 추세에 미치는 영향은 아무것도 없다. 지구는 여전히 단조롭게 회전을 거듭하고, 정치인은 별로 도움도 안 되는 성명만 발표하고, 사람들은 하품하며 출근을 하고, 아이들은 시험공부를 계속했다. 밀려왔다가 다시 밀려가는 끝없는 일상의 파도 속에서 행방불명된 단 한 마리의 코끼리에 대한 흥미가 언제까지고 이어질 수는 없다. 그런 식으로 이렇다 할 특징 없는 몇 개월이 창밖을 행진하는 피폐한 군대처럼 지나갔다.

나는 가끔씩 시간이 나면 축사를 찾아가 코끼리가 없어진 우리 안을 바라보았다. 울타리 입구에는 굵은 쇠사슬 자물쇠가 둘둘 감겨 있어서, 누구도 들어갈 수 없을 것 같았다. 울타리 사이로 들여다보니 축사 문에도 마찬가지로 쇠사슬 자물쇠가 감겨 있었다. 코끼리를 찾지 못한 경찰은 실추된 명예를 회복하고자 코끼리가 사라진 축사에 필요 이상으로 경비를 강화한 듯했다. 썰렁한 축사 주변에는 인기척 하나 없고, 축사 지붕 위에 날개를 쉬고 있는 한 무리의 비둘기만이 눈에 띌 뿐이었다. 아무도 관심 없는 광장에는 마치 기회를 기다렸다는 듯 푸릇한 잡초만이 무성해졌다. 축사 문에 감긴 쇠사슬은 밀림 속에서 허무하게 스러진 폐허가 된 왕궁을 꿋꿋이 지키는 커다란 뱀을 연상시켰다. 코끼리의 부재는 고작 몇 달이었지만 그곳에 일종의 숙명 같은 황폐함을 가져왔고, 비구름 같은 짓눌린 공기를 몰고 왔다.

내가 그녀를 만난 것은 9월의 끝 무렵이었다. 그날은 아침부터 밤까지 계속 비가 내렸다. 그 계절에 흔히 내리는 가늘고 부드럽고 단조로운 비였다. 지표에 새겨진 여름의 기억이 그 비에 조금씩 씻겨내려가고 있었다. 모든 기억은 도랑을 타고 하수도며 강으로 흘러가 어둡고 깊은 바다로 실려간다.

우리는 내가 다니는 회사에서 주최한 캠페인을 위한 파티에서 만났다. 어느 대기업의 전자제품 회사 광고부에 근무하고 있었던 나는, 마침 그때 가을 결혼 시즌과 겨울 보너스 시기에 맞춰 발매할 예정인 일련의 주방 가전제품에 대한 언론 퍼블리시티를 담당하고 있었다. 몇몇 여성지에 제휴 기사를 싣도록 교섭하는 것이 내 역할이었다. 그리 머리를 쓸 일은 아니지만 되도록 독자에게 광고 냄새가 느껴지지 않도록 요령 있게 기사를 실을 필요가 있었다. 그리고 그 대가로 우리는 잡지에 광고를 게재하게 된다. 세상은 기브앤드테이크니까.

그녀는 젊은 주부 대상의 잡지 편집자로, 그 퍼블리시티에 관련된 취재를 위해 파티에 왔다. 마침 짬이 났던 나는 그녀를 상대로 이탈리아의 유명 디자이너가 디자인한 컬러풀한 냉장고며 커피메이커, 전자레인지와 믹서에 대해 설명했다.

"가장 중요한 포인트는 통일성입니다." 나는 말했다. "제아무리 멋진 디자인이라도 주위와 균형이 안 맞으면 죽어버리죠. 색의 통일, 디자인의 통일, 기능의 통일—이것이 지금 키친에서 가장 필요한 것입니다. 한 조사에 따르면 주부는 하루 중 키친에 머무는 시간이 가장 길다고 하더군요. 키친은 주부의 일터이자, 서재이자, 거실입니다. 그래서 주부들은 키친을 조금이라도 편안한 곳으로 만들려고 애쓰죠. 넓이는 상관없어요. 그곳이 넓든 좁든 사랑받는 키친의 조건은 하나밖에 없습니다. 단순성, 기능성, 통일성이죠. 이번 시리즈는 그런 콘셉트에 따라 설계되고 디자인되었습니다. 이를테면 이 쿠킹 플레이트를 한번 봐주세요……"

그녀는 고개를 끄덕거리며 작은 노트에 메모를 했다. 그녀 역시 특별히 그런 취재에 흥미가 있는 게 아니고, 나도 쿠킹 플레이트에 개인적인 관심이 있는 것은 아니다. 우리는 그저 각자의 일을 하고 있을 뿐이다.

"주방에 대해 아주 박식하시군요." 내 설명이 끝나자 그녀가 말했다.

"일이니까요." 나는 영업용 미소를 띠며 대답했다. "그렇지만 일을 떠나서 요리하는 걸 좋아합니다. 간단한 요리라도 매일 만들고 있죠."

"주방에 정말 통일성이 필요할까요?" 그녀는 질문했다.

"주방이 아니라 키친입니다." 나는 정정했다. "아무렇게나 불러도 상관없지만, 회사에서 그렇게 말하고 있어서요."

"미안해요. 그런데 그 키친에 통일성이 과연 필요한 걸까요? 당신 개인적인 의견은?"

"내 개인적인 의견은 넥타이를 풀지 않으면 나오지 않는데요." 나는 웃으며 말했다. "하지만 오늘은 특별히 말씀드리죠. 통일성 이전에 주방에서 필요한 것이 몇 가지 더 있다고 생각합니다. 하지만 그런 요소는 일단 상품성이 없고, 편의성을 추구하는 이 세상에서 상품성이 없는 요소는 거의 아무 의미가 없죠."

"세상은 정말로 편의성만을 추구하는 걸까요?"

나는 주머니에서 담배를 꺼내 물고 라이터로 불을 붙였다.

"그냥 그렇게 말해본 것뿐입니다." 나는 말했다. "그렇게 말하는 편이 여러모로 이해하기 쉽고 일하기도 수월하거든요. 게임 같은 거죠. 본질적인 편의성이니, 편의적인 본질이니 하는 여러 가지 말로 표현할 수도 있고, 그런 식으로 생각하면 말썽도 생기지 않고 복잡한 문제도 일어나지 않으니까요."

"꽤 재미있는 논리로군요." 그녀는 말했다.

"별로 재미있을 것도 없어요. 누구나 생각할 수 있는 거니까요." 나는 말했다. "저, 그보다 괜찮은 샴페인이 있는데 어떠세요?"

"고마워요, 마실게요." 그녀는 말했다.

나와 그녀는 차가운 샴페인을 마시면서 세상 돌아가는 얘기를 했다. 얘기하는 동안 둘 사이에 몇 명의 공통된 지인이 있다는 것을 알게 되었다. 우리가 몸담고 있는 업계는 그리 넓지 않아서 돌을 몇 개 던지면 한두 개는 '공통된 지인'에게 맞게 된다. 게다가 공교롭게도 내 여동생이 그녀와 같은 대학 출신이었다. 우리는 그런 몇몇의 이름을 구실 삼아 비교적 매끄럽게 화제를 넓혀 갈 수 있었다.

그녀도 나도 독신이었다. 그녀는 스물여섯이고, 나는 서른하나였다. 그녀는 콘택트렌즈를 꼈고, 나는 안경을 썼다. 그녀는 내 넥타이 색깔을 칭찬했고 나는 그녀의 재킷 색깔을 칭찬했다.

우리는 각자 살고 있는 아파트의 집세에 대해 얘기하고, 월급이며 일에 대한 불평도 늘어놓았다. 요컨대 우리는 상당히 친밀해졌다. 그녀는 아주 매력적인 여성이었고, 억지스러운 부분도 없었다. 이십 분쯤 서서 그녀와 얘기를 나누는 동안, 나는 그녀에게 호의를 가져서는 안 될 이유를 하나도 찾을 수 없었다.

파티가 끝나갈 무렵, 나의 제의로 우리는 호텔 내의 칵테일 라운지로 자리를 옮겨 하던 얘기를 계속했다. 라운지의 커다란 창으로 초가을 비가 보였다. 비는 여전히 소리 없이 내리고 있었고, 그 너머로 다양한 메시지를 담은 거리의 네온사인들이 보였다. 손님들이 별로 없는 라운지에는 눅눅한 침묵만이 주위를 지배하고 있었다. 그녀는 프로즌 다이키리를 주문하고, 나는 스카치 온더록스를 주문했다.

우리는 각자의 술을 마시면서 처음 만나 어느 정도 친밀해진 남녀가 보통 술집에서 하는 그런 얘기를 나누었다. 대학 시절 추억이며 좋아하는 음악이며 스포츠며 일상의 습관 같은 그런 얘기.

그리고 나는 코끼리 얘기를 했다. 어째서 갑자기 코끼리 얘기로 화제가 바뀌었는지 그 흐름은 기억나지 않는다. 아마 뭔가 동물에 관한 얘기를 하다가 그것이 코끼리로 연결되어버린 게 아닐까 싶다. 아니면 지극히 무의식적으로 누군가에게—얘기가 통

할 것 같은 누군가에게—코끼리의 소멸에 관한 나름대로의 견해를 얘기하고 싶었는지도 모른다. 어쩌면 그저 단순히 술김에 그랬는지도 모르겠다. 그러나 그 말을 꺼낸 순간 나는 내가 얼마나 상황에 적절치 못한 화제를 끄집어냈는가를 깨달았다. 코끼리 얘기 따위를 꺼내는 게 아니었다. 그건 뭐랄까, 너무 지나치게 완결된 화제였다.

그래서 나는 이내 코끼리에 대한 화제를 접으려 했지만 그녀는 하필 그 코끼리 소멸 사건에 대해 보통 사람들 이상의 관심을 가지고 있어서, 내가 그 코끼리를 몇 번 본 적이 있다고 하자 마구 질문을 퍼붓기 시작했다.

"어떤 코끼리였어요? 어떤 식으로 달아난 것 같아요? 평소에 뭘 먹었대요? 위험하지 않나요?" 이런 식으로.

나는 그녀의 질문에 대해 신문에 적혀 있던 대로 지극히 일반적인 진부한 설명만 했다. 하지만 그녀는 내 말투에서 부자연스럽게 비뚤어진 냉담함을 알아차렸다. 나는 옛날부터 거짓말하는 데 영 서투른 편이다.

"코끼리가 없어졌을 때 무척 놀랐죠?" 그녀는 두 잔째의 다이키리를 마시면서 별일 아닌 듯이 물었다. "코끼리 한 마리가 갑자기 없어지다니 누구도 예측할 수 없는 일이잖아요."

"글쎄요, 그럴지도 모르죠." 나는 이렇게 말하며 유리 접시에 담긴 프레첼을 둘로 쪼개 반을 먹었다. 웨이터가 와서 재떨이를 새것으로 바꿔주고 갔다.

그녀는 흥미진진한 얼굴로 한동안 내 얼굴을 바라보았다. 나는 또 담배를 입에 물고 불을 붙였다. 삼 년이나 금연했는데, 코끼리가 사라진 후 다시 담배를 피우게 되었다.

"그럴지도 모른다는 건 코끼리가 사라지리란 걸 예측했다는 거예요?" 그녀는 질문했다.

"예측 같은 건 불가능하죠." 나는 웃으며 말했다. "어느 날 갑자기 코끼리가 사라지다니, 그런 일은 전례도 없고 필연성도 없어요. 말도 안 되죠."

"그렇지만 당신의 말투는 아주 이상했어요. 아세요? 내가 '코끼리가 사라지다니 누구도 예측할 수 없는 일'이라고 하자 당신은 '글쎄요, 그럴지도 모르죠'라고 대답했어요. 보통 사람들은 그런 식으로 대답하지 않아요. '당연하죠' 아니면 '짐작도 못 할 일이죠' 뭐, 이렇게 대답할걸요."

나는 그녀를 향해 애매하게 고개를 끄덕이고는, 손을 들어 웨이터를 불러 스카치를 한 잔 더 주문했다. 온더록스가 새로 올 때까지 잠정적인 침묵이 이어졌다.

"있잖아요, 이해가 안 가요." 그녀가 조용한 어조로 말을 꺼냈다. "당신은 불과 조금 전까지 굉장히 조리 있게 말했어요. 코끼리 얘기가 나오기 전까지는요. 그런데 코끼리 얘기가 나오자 갑자기 말투가 이상해졌어요. 무슨 말을 하려는 건지도 잘 모르겠고, 대체 왜 그러세요? 코끼리 때문에 안 좋은 일이라도 있었나요? 아니면 내 귀가 어떻게 된 걸까요?"

"당신 귀는 이상하지 않아요." 나는 말했다.

"그럼 당신 쪽에 문제가 있는 거예요?"

나는 손가락을 잔 안에 넣고 빙글빙글 얼음을 돌렸다. 나는 온더록스의 얼음이 잔에 부딪히는 소리가 좋다.

"문제라고 할 만큼 거창한 건 아니에요." 나는 말했다. "아주 사소한 일입니다. 특별히 남들에게 감추려는 건 아니고, 그저 잘 표현할 수 있을지 어떨지 자신이 없어 얘기하지 않을 뿐이죠. 이상하다면 확실히 좀 이상한 얘기니까요."

"어떤 식으로?"

나는 할 수 없이 위스키를 한 모금 마신 후 얘기를 시작했다.

"한 가지 마음에 걸리는 건 내가 어쩌면 그 사라진 코끼리의 최후의 목격자일지도 모른다는 사실입니다. 내가 코끼리를 본 것은 5월 17일 저녁 일곱시가 지나서이고, 코끼리가 없어진 것을 안 것이 다음날 오후, 그사이 코끼리의 모습을 본 사람은 한 명도 없어요. 저녁 여섯시면 코끼리 축사의 문이 닫혀버리니까요."

"무슨 말인지 잘 모르겠지만." 그녀는 내 눈을 들여다보며 물었다. "코끼리 축사의 문이 닫혀 있는데 어떻게 코끼리를 봤죠?"

"축사 뒤에는 거의 벼랑에 가까운 작은 산이 있어요. 개인 소유의 산이고 길다운 길도 없지만 그곳 딱 한 군데에 뒤쪽에서 축사 안을 들여다볼 수 있는 지점이 있어요. 그걸 아는 사람은 나밖에 없겠지만."

내가 그곳을 발견한 것은 정말 우연이었다. 어느 일요일 오후에 뒷산을 산책하던 중 길을 잃고 대충 어림짐작으로 걷다가 우연히 발견한 것이다. 그곳에는 사람 하나가 누울 수 있을 정도의 평평한 땅이 펼쳐져 있고, 관목 틈새로 아래를 내려다보니 마침 바로 아래 축사 지붕이 보였다. 지붕 조금 아래 주변에는 꽤 큰 통풍구가 있었는데, 그곳을 통해 축사 내부를 또렷하게 볼 수 있었다.

그날 이후, 가끔 그곳을 찾아가 축사 안에 있는 코끼리를 보는 게 습관이 되었다. 어째서 일부러 그런 귀찮은 짓을 하느냐고 물어도 제대로 대답할 수 없다. 나는 그저 개인적인 시간을 보내는 코끼리의 모습을 보고 싶었을 뿐이었다. 그 이상의 깊은 이유는 없다.

물론 축사 안이 어두울 때는 코끼리가 보이지 않았지만 밤이 빨리 올 때는 사육사가 축사의 전등을 켜둔 채로 코끼리를 돌보았으므로, 나는 그 모습을 아주 자세히 구경할 수 있었다.

내가 제일 먼저 느낀 것은 축사 안에서 둘만 있을 때의 코끼리와 사육사는 사람들 앞에서 공적인 모습을 보일 때보다 훨씬 친밀해 보인다는 사실이었다. 그들 사이에 오가는 작은 몸짓만 봐도 충분히 알 수 있었다. 마치 낮 동안은 남들이 둘 사이의 친밀함을 눈치채지 못하도록 감정을 절제했다가, 둘만 있는 밤에만 꺼내 보이는 것 같았다. 그렇다고 해서 둘이 축사 안에서 뭔가 특별한 짓을 하는 건 아니다. 코끼리는 축사 안에 들어가도 여전히 멍하니 있을 뿐이다. 사육사 역시 브러시로 코끼리의 몸을 씻거나 바닥에 떨어진 거대한 똥덩어리를 쓸거나 식사 뒷정리를 하는 등, 사육사로서 해야 할 당연한 일을 할 뿐이었다. 그런데도 둘 사이를 잇는 신뢰감에서 묻어나는 독특한 온기는 놓칠 수 없었다. 사육사가 바닥을 청소하고 있으면 코끼리는 코를 흔들며 사육사의 등을 가볍게 통통 치기도 했다. 나는 그런 코끼리의 모습을 보는 것이 좋았다.

"코끼리를 옛날부터 좋아했어요? 그러니까 굳이 그 코끼리가 아니더라도……" 그녀가 물었다.

"음, 그런 것 같아요." 나는 말했다. "코끼리라는 동물은 왠지 모르게 사람 마음을 설레게 하는 데가 있어요. 옛날부터 줄곧 그랬던 것 같네요. 왜 그런지는 잘 모르겠어요."

"그래서 그날도 해가 졌는데 뒷산에 올라가 혼자 코끼리를 보고 있었군요." 그녀가 말했다. "음, 그러니까 5월……"

"17일." 나는 말했다. "5월 17일 저녁 일곱시 정도. 그때는 해가 제법 길어져서 하늘에 석양이 조금 남아 있었죠. 그래도 축사 안에는 불이 휘황하게 켜 있었지만."

"그때는 코끼리도 사육사도 별 이상한 점이 없었던 거죠?"

"이상한 게 없었다고도 할 수 있고, 있었다고도 할 수 있어요. 정확하게 말을 못 하겠어요. 어쨌든 바로 눈앞에서 보고 있던 게 아니니까. 목격자로서의 신뢰성이 그다지 높지 않다고도 할 수 있고요."

"대체 무슨 일이 있었던 거예요?"

나는 얼음이 녹아 조금 묽어진 온더록스를 한 모금 마셨다. 창밖에는 여전히 비가 내리고 있었다. 강하지도 않고 약하지도 않다. 그건 마치 영원히 정지되어버린 풍경의 일부처럼 보였다.

"뭔가 있었던 건 아닙니다." 나는 말했다.

"코끼리와 사육사는 평소와 똑같은 일을 하고 있었을 뿐이었으니까요. 청소도 하고 식사도 하고 사이좋게 살짝 장난도 치고. 언제나 하던 일이었죠. 그저 좀 걸리는 게 있다면 그 균형이었다고나 할까요?"

"균형?"

"말하자면 크기의 균형이죠. 코끼리와 사육사 덩치의 균형. 그 균형이 평소와는 좀 다르다는 느낌이 들었어요. 평소보다 코끼리와 사육사의 크기 차가 줄어든 것 같았거든요."

그녀는 들고 있는 다이키리 잔에 잠시 시선을 주었다. 잔 안의 얼음이 녹아 그 물이 작은 해류처럼 칵테일 틈으로 파고드는 것이 보였다.

"그 말은 코끼리의 몸이 작아졌다는 건가요?"

"혹은 사육사가 커졌거나, 혹은 그 양쪽이 동시에 일어났다는 것이 되겠죠."

"그걸 경찰에 알리지 않았나요?"

"물론이죠." 나는 말했다. "말해봐야 경찰이 믿을 리가 없고, 그런 시간에 뒷산에서 코끼리를 구경했다고 하면 내가 의심받을 게 뻔하니까요."

"그렇지만 그 균형이 평소와 달랐던 건 확실한 거죠?"

"아마도요." 나는 말했다. "아마도라고밖에 말할 수 없군요. 증거는 아무것도 없고, 게다가 몇 번이나 말했지만 통풍구로 안을 들여다보았을 뿐이니까요. 그래도 수십 번이나 그와 똑같은 조건에서 코끼리와 사육사를 봐왔기 때문에 크기의 균형이 맞지 않아 보였던 것이 착각이라고는 생각할 수 없어요."

그렇다. 나는 착시현상인가 싶어 몇 번이나 눈을 감기도 하고 고개를 흔들어보기도 했지만, 아무리 다시 봐도 코끼리의 크기는 달라지지 않았다. 확실히 코끼리는 줄어든 것 같았다. 마을에서 작은 코끼리를 새로 구입했는가 생각했을 정도였다. 그러나 그런 얘기는 들은 적도 없고—내가 코끼리에 대한 뉴스를 놓쳤을 리도 없고—그렇다면 지금까지 있던 늙은 코끼리가 무슨 이유에선가 갑자기 줄어들어버렸다는 것 외에는 생각할 수 없었다. 그리고 자세히 보니, 그 작은 코끼리의 몸짓은 늙은 코끼리가 평소에 하던 몸짓과 완전히 똑같았다. 몸을 씻길 때 코끼리는 기분이 좋은 듯 오른발로 땅바닥을 구르며, 조금 가늘어진 코로 사육사의 등을 어루만졌다.

그것은 신비한 광경이었다. 통풍구로 안을 물끄러미 들여다보고 있으면, 마치 그 축사 안에만 서늘한 감촉의 다른 시간성이 흐르는 것 같았다. 그리고 코끼리와 사육사는 자신들을 둘러싸려는—혹은 이미 일부 둘러싼—그 새로운 체계에 기꺼이 몸을 맡긴 듯이 보였다.

내가 축사 안을 들여다보았던 시간은 전부 삼십 분 남짓이었을 거라고 생각한다. 축사의 불빛은 평소보다 훨씬 이른 일곱시 삼십분에 꺼지고, 그것을 경계로 모든 것이 어둠에 휩싸여버렸다. 나는 여전히 그 자리에 머물면서 다시 한번 축사에 불빛이 보이기를 기다렸지만 전등은 두 번 다시 켜지지 않았다. 그것이 내가 코끼리를 본 마지막이었다.

"그럼 당신은 코끼리가 그대로 점점 줄어들어 작아져서 울타리 틈새로 도망쳤거나 아주 사라져버렸다고 생각하는 거예요?" 그녀가 물었다.

"모르겠습니다." 나는 말을 이었다. "나는 내 눈으로 본 것을 조금이라도 정확히 떠올리고자 했을 뿐이니까요. 그 이상에 대해서는 아무 생각도 하지 않습니다. 눈으로 보긴 했지만 인상이 너무 강렬해서, 솔직히 거기에서 뭔가를 유추한다는 건 도저히 불가능해요."

그것이 코끼리의 소멸에 관한 내 얘기의 전부였다. 내가 처음에 예상했듯이 그 얘기는 만난 지 얼마 안 되는 젊은 남녀가 나눌 화제로는 너무 특수했고, 그 자체로 지나치게 완결되어 있었다. 내 얘기가 끝난 후 한동안 우리 둘 사이에는 침묵이 흘렀다. 사라진 코끼리에 관해 거의 아무런 단서도 없는 이야기 뒤에 대체 어떤 종류의 화제를 꺼내야 좋을지 나도 그녀도 몰랐다. 그녀는 칵테일 잔의 테두리를 손가락으로 만지작거렸고, 나는 종이 받침에 인쇄된 글씨를 스물다섯 번 정도 되풀이해서 읽었다. 역시 코끼리 얘기 따위를 하는 게 아니었다. 그것은 입 밖에 꺼내 누군가에게 전달할 얘기가 아니었다.

"옛날에 우리집에서 기르던 고양이가 갑자기 사라진 일이 있는데요." 한참 뒤에 그녀가 입을 열었다. "하지만 고양이가 갑자기 사라진 것과 코끼리가 사라진 건 얘기가 완전히 달라요."

"다르겠죠. 크기부터 비교가 안 되니까." 나는 말했다.

그리고 삼십 분 후 우리는 호텔 입구에서 헤어졌다. 그녀가 칵테일 라운지에 우산을 두고 와서 내가 엘리베이터를 타고 찾으러 다녀왔다. 무늬가 큰 벽돌색 우산이었다.

"정말 고마워요." 그녀는 말했다.

"잘 자요." 나는 말했다.

나와 그녀는 그 이후 만나지 않았다. 딱 한 번 광고 기사의 세부사항에 대해 전화로 얘기를 나눈 적이 있다. 그때 나는 그녀에게 식사라도 청할까 했지만 결국 그만두었다. 통화하는 동안 왠지 그런 건 아무래도 상관없다는 기분이 들었다.

코끼리의 소멸을 경험한 후로 나는 곧잘 그런 기분이 든다. 뭔가를 해보려고 하다가도, 그 행위가 초래할 결과와 그 행위를 회피함으로써 초래될 결과 사이에 아무런 차이를 발견하지 못한다. 때때로 주변 사물들이 본래의 정당한 균형을 잃은 것처럼 느껴진다. 어쩌면 그것은 나의 착각일지도 모른다. 코끼리 사건 이후 내 안에서 뭔가의 균형이 무너져버려, 그 때문에 외부의 여러 사물이 내 눈에 기묘하게 비치는지도 모른다. 그 책임은 아마 내 쪽에 있을 것이다.

나는 여전히 편의성을 추구하는 세계 속에서 편의적인 기억의 잔상에 의존해, 냉장고, 오븐, 토스터, 커피메이커 따위를 팔러 다니고 있다. 내가 편의성을 추구할수록 제품은 날개 돋친 듯이 팔려—우리 캠페인은 다소 낙관적이었던 예상도 뛰어넘을 만큼의 성공을 거두었다—나는 수많은 사람에게 인정받고 있다. 아마 사람들은 세계라는 키친 안에 있는 일종의 통일성을 원하는 것일 터이다. 디자인의 통일, 색의 통일, 기능의 통일.

신문에는 이제 코끼리에 대한 기사가 거의 실리지 않는다. 사람들은 예전 그들의 마을에 코끼리 한 마리가 있었다는 사실조차 깡그리 잊은 듯이 보인다. 코끼리 광장에 무성했던 풀은 시들었고 주변에는 이미 겨울의 기운이 감돈다.

코끼리와 사육사는 소멸해버렸고, 그들은 두 번 다시 이곳에 돌아오지 않을 것이다.

하이네켄 맥주 빈 깡통을 밟는 코끼리에 관한 단문

동물원이 폐쇄되었을 때 마을 사람들은 돈을 모아 코끼리를 사들였다. 언제 망해도 이상하지 않을 만큼 초라한 동물원이었고 코끼리는 늙어서 지칠 대로 지쳐 있었다. 너무나도 늙고 지쳐 있어서 다른 어떤 동물원도 그 코끼리를 데려가려 하지 않았다. 코끼리는 그리 오래 살 것 같지 않았고, 이미 관에 한 발을 걸쳐 놓은 거나 다름없는 코끼리를 수고스럽게 데려가려는 독특한 취향의 동물원도 없었다.

동물 거래업자는 고심 끝에 돈을 내지 않아도 좋으니 코끼리를 맡아주지 않겠느냐고 마을에 제안했다. "나이가 들어서 먹이도 그리 많이 먹지 않습니다. 난동을 부리지도 않습니다. 큰 소리로 울어서 이웃에 폐를 끼치지도 않습니다. 그저 장소만 있으면 됩니다. 이런 기회는 또 없습니다, 어쨌든 공짜니까요." 업자는 말했다.

마을 의회에서 한 달쯤 옥신각신한 끝에 마을은 결국 코끼리를 거두기로 했다. 전 세계를 뒤져도 코끼리를 보유한 마을은 좀처럼 없을 것이다. 물론 인도나 아프리카에는 몇 군데 있을 법하지만, 적어도 북반구에는 별로 없으리라.

산림을 소유한 농가에서 코끼리가 살 곳을 제공하고, 낡아서 허물기로 했던 초등학교 체육관을 코끼리 축사로 개축했다. 식량은 학교 급식의 잔반으로 충분했다. 퇴직한 면사무소 직원이 사육사가 되어 코끼리를 돌봐주었다. 마을의 재정은 꽤 넉넉해서 그 정도 예산은 충분히 감당할 수 있었다.

게다가 코끼리도 아무런 도움이 안 되는 건 아니었다.

마을이 코끼리에게 맡긴 일은 빈 깡통 밟기였다. 먼저 코끼리 발 모양으로 맞춘 콘크리트 파이프를 만들고, 피리를 불면 코끼리가 거기에 발을 넣도록 훈련했다. 매주 금요일 온 마을의 빈 깡통을 회수해 트럭에 싣고 코끼리 우리로 날랐다. 맥주 캔과 수프 캔, 김 깡통 등 갖가지 깡통이 코끼리 우리 앞에 쌓였다. 사육사는 콘크리트 파이프 속에 양동이 세 개 분량의 빈 깡통을 쏟아 넣고 피리를 불었다. 피리 소리가 나면 코끼리는 거기에 한 발을 넣어 빈 깡통을 우지끈 밟아서 한 장의 납작한 금속판으로 바꾸었다.

마을에서 왜 그리 귀찮은 처리법을 생각해냈는지는 모르겠다. 그런 작업은 압축기를 사용하면 눈 깜짝할 사이에 끝난다. 굳이 코끼리를 동원할 것까지도 없다.

결국 마을은 어떠한 형태로든 코끼리의 존재가치를 확립하고 싶었던 것이리라. 그렇게밖에 생각할 수 없다. 그래서 마을은 그리 효과가 있다고 볼 수 없는 일거리를 코끼리를 위해 만들어준 것이다.

아무튼 깡통을 밟을 때 코끼리와 사육사는 무척 행복해 보였다. 사육사가 피리를 불면 코끼리는 얼른 파이프 속에 발을 넣어 깡통을 찌그러뜨렸다.

나는 이따금 금요일에 빈 깡통 내놓는 걸 잊어버리곤 했는데, 그럴 때는 언제나 빈 깡통을 직접 코끼리 우리로 갖고 갔다. 월요일이나 화요일은 코끼리도 사육사도 한가해서 나 한 사람을 위해 특별히 깡통을 밟아주었다. 한번은 하이네켄 맥주 빈 깡통을 한 다스 모아 코끼리에게 밟게 한 적이 있다. 사육사의 피리 소리와 함께 열두 개의 하이네켄 캔은 한 장의 근사한 초록색 판자가 되었다. 그 초록색 판자는 5월의 태양 아래 하늘에서 내려다본 아프리카 평원처럼 반짝반짝 눈부시게 빛났다.

패밀리 어페어

세상에는 그런 일이 흔히 있는지 모르겠지만, 나는 여동생의 약혼자가 처음부터 별로 마음에 들지 않았다. 그리고 날이 갈수록 그런 남자와 결혼할 결심을 한 여동생에게 적잖은 의문을 품게 되었다. 솔직히 나는 실망스러웠다.

어쩌면 그런 식으로 생각하는 것은 나의 편협한 성격 탓인지도 모른다.

적어도 여동생은 나를 그렇게 생각하는 듯했다. 우리는 겉으로는 그런 화제를 입에 올리지 않았지만, 내가 그 약혼자를 별로 마음에 들어하지 않는 것을 여동생도 확실히 감지했고, 그런 나를 여동생은 초조하게 지켜보았다.

"오빠는 사물을 보는 방식이 너무 편협해." 여동생은 내게 말했다. 그때 우리는 스파게티에 관해 얘기하고 있었다. 여동생은 스파게티에 대한 나의 견해가 너무 편협하다고 지적했다.

그러나 물론 여동생은 스파게티 하나만 문제삼은 게 아닐 것이다. 스파게티에서 좀더 나아가면 그녀의 약혼자가 있었고, 여동생은 그쪽을 더 문제삼고 싶어했다. 이른바 그것은 대리전쟁 같은 것이었다.

애초의 발단은 일요일 한낮에 여동생이 둘이서 스파게티라도 먹으러 나가자고 한 데서 시작되었다. 나도 마침 스파게티가 먹고 싶던 참이라 "좋아" 하고 말했다. 그리고 우리는 역 앞에 새로 생긴 아담한 스파게티 하우스에 들어갔다. 나는 가지와 마늘이 들어간 스파게티를 주문하고, 여동생은 바질 스파게티를 주문했다. 요리가 나올 때까지 나는 맥주를 마셨다. 거기까지는 아무 문제도 없었다. 5월이고 일요일인데다 날씨까지 화창했다.

문제는 나온 스파게티의 맛이 재앙이라고 표현해도 좋을 만큼 끔찍했다는 것이다. 면은 설익어서 안에 심지가 남아 있고, 버터는 개도 안 먹을 것 같은 맛이었다. 나는 어찌어찌 반만 먹고 웨이트리스에게 치워달라고 했다.

여동생은 그런 내 모습을 힐끔거리더니 그때는 아무 말도 하지 않고 자기 접시의 스파게티를 마지막 한 가닥까지 시간을 들여 천천히 먹었다. 나는 그동안 창밖 풍경을 보면서 두 병째의 맥주를 마셨다.

"저기, 그래도 그렇게 여봐란듯이 남길 것까지는 없잖아." 자신의 접시를 다 비운 여동생이 말했다.

"맛없는걸." 나는 간단히 말했다.

"반씩이나 남길 만큼은 아니었어. 조금만 참으면 될걸."

"먹고 싶을 때는 먹고, 먹기 싫을 때는 안 먹어. 이건 내 위지 당신 위가 아냐."

"당신이라고 하지 마, 부탁이니까. 그러니까 꼭 내가 나이 먹은 주부 같잖아."

"내 위지 네 위가 아니라고." 나는 정정했다. 스무 살이 지나고부터 여동생은 자신에게 당신이니 하는 말을 쓰지 못하게 나를 훈련시켜왔다. 대체 그 차이가 어디에 있는지 모르겠다.

"이 집은 개점한 지 얼마 안 돼서 아마 주방장이 아직 익숙하지 못한 걸 거라고. 좀 너그러워질 수 없어?" 여동생은 웨이트리스가 날라온, 역시 맛없어 보이는 묽은 커피를 마시면서 말했다.

"그럴지도 모르지만, 맛없는 요리를 남기는 것도 일종의 품위라고 생각해." 나는 설명했다.

"언제부터 그렇게 훌륭해지셨어?" 여동생은 비꼬았다.

"괜히 트집이네." 나는 말했다. "생리하냐?"

"시끄러워. 이상한 소리 하지 마. 오빠한테 그런 말 들을 이유가 없어."

"새삼스럽게 그럴 거 없어. 너의 첫 생리가 언제였는지까지 정확하게 기억하니까. 하도 늦어서 엄마하고 병원에도 같이 갔었잖아."

"입다물지 않으면 가방 던져버릴 거야." 그녀는 말했다.

여동생이 정말 화났다는 걸 알았기 때문에 나는 잠자코 있었다.

"도대체 말이야, 오빠는 사물을 보는 견해가 너무 편협해." 그녀는 커피에 크림을 더 넣으면서—분명 맛이 없었던 게 틀림없다—말했다. "오빠는 모든 사물의 결점만 찾아내서 비판하지, 좋은 점을 보려고 하지 않아. 뭔가 자신의 기준에 맞지 않으면 일절 손도 안 대려 하고. 옆에서 보고 있으면 그런 게 얼마나 신경에 거슬리는데."

"그렇지만 이건 내 인생이지 네 인생이 아냐." 나는 말했다.

"그렇게 해서 타인에게 상처 입히고 폐를 끼치잖아. 마스터베이션만 해도 그래."

"마스터베이션?" 나는 깜짝 놀라서 물었다. "무슨 얘기야, 그게?"

"오빠는 고등학교 시절에 마스터베이션을 해서 자주 시트를 버려놨잖아. 다 알고 있다고. 그거 빨래하는 게 얼마나 힘든데. 마스터베이션 정도는 시트 좀 안 버리고 할 수 없어? 그런 게 폐

끼치는 거란 말이야."

"주의하지." 나는 말했다. "그 점에 대해선. 하지만 되풀이하는 것 같지만 내게는 내 인생이 있고 좋아하는 게 있는가 하면 싫어하는 것도 있는 거야. 어쩔 수 없잖아."

"그래도 남에게 상처 입히지 마." 여동생은 말했다.

"어째서 노력하려고 하지 않는 거야? 어째서 사물의 좋은 면을 보려고 하지 않는 거야? 어째서 조금도 참을 줄 모르는 거야? 어째서 성숙할 줄 모르는 거야?"

"성숙했어." 나는 조금 상처받은 듯 말했다.

"참기도 하고, 사물의 좋은 점도 보고 있어. 너와 같은 곳을 보지 않을 뿐이야."

"그게 교만이라는 거야. 그러니 스물일곱이 되도록 애인 하나 안 생기지."

"여자친구는 있어."

"잠만 자는 거잖아?" 여동생은 말했다. "그렇지? 일 년에 한 번씩 잠자리 상대를 바꾸면서, 그래서 좋아? 이해니 애정이니 배려니 그런 게 없으면 아무 의미도 없잖아. 마스터베이션이랑 다르지 않아."

"일 년마다 바꾸진 않았어." 나는 힘없이 말했다.

"마찬가지야." 여동생은 말했다. "좀 제대로 된 사고방식을 갖고 제대로 생활하면 안 돼? 좀더 어른이 되면 안 되냐고?"

그것으로 우리의 대화는 끝났다. 그다음에 내가 무슨 말을 꺼내도 여동생은 거의 대답하지 않았다.

어째서 여동생이 나에 대해 그렇게 생각하게 되었는지 이해할 수 없었다. 불과 일 년 전까지만 해도 여동생은 나 나름대로의 확고한, 딱 좋은 생활방식을 함께 즐기고 있었고, 나를—내가 잘못 느낀 게 아니라면—어떤 의미에서는 동경조차 했었다. 그런 그녀가 나를 조금씩 비난하게 된 것은 그 약혼자와 사귀면서부터이다.

그런 건 불공정하지 않나, 하고 나는 생각했다. 나와 여동생은 벌써 이십삼 년을 같이 지내왔다. 우리는 여러 차원에서 서로 솔직하게 얘기하는 사이좋은 남매였으며, 싸움도 거의 한 적이 없었다. 여동생은 나의 마스터베이션에 대해 알고 있고, 나는 여동생의 초경에 대해 알고 있다. 그녀는 내가 처음으로 콘돔을 샀을 때를 알고 있고(나는 열일곱 살이었다), 나는 여동생이 처음으로 레이스 속옷을 샀을 때를 알고 있다(여동생은 열아홉 살이었다).

나는 여동생의 친구와 데이트를 한 적이 있으며(물론 자지는 않았다), 여동생은 내 친구와 데이트한 적이 있다(물론 자지는 않았을 거라고 생각한다). 어쨌든 우리는 그런 식으로 자라왔다. 그런 우호적인 관계가 겨우 일 년 사이에 완전히 변질되어버렸다. 그런 생각을 하니 점점 부아가 났다.

역 앞 백화점에서 구두 구경을 하겠다는 여동생을 남겨두고 나는 혼자 아파트로 돌아왔다. 그리고 여자친구에게 전화를 걸어보았다. 그녀는 없었다. 뭐, 당연하다. 일요일 오후 두시에 느닷없이 전화를 걸어 여자애에게 데이트 신청하는 게 잘될 리 없다. 나는 수화기를 내려놓고 수첩을 뒤적여 다른 여자아이의 집으로 다이얼을 돌려보았다. 어딘가의 디스코텍에서 알게 된 여대생이다. 그녀는 집에 있었다. "술 한잔 안 할래?" 하고 꼬여보았다.

"아직 오후 두시인데요." 그녀는 귀찮은 듯이 말했다.

"시간이 뭔 상관이야. 마시는 동안 해도 지겠지." 나는 말했다. "실은 석양을 보기에 안성맞춤인 바가 있는데. 오후 세시 전에는 가야 좋은 자리를 차지할 수 있거든."

"싱겁긴."

그래도 그녀는 나와주었다. 분명 친절한 성격일 것이다. 나는 차를 몰아 해안을 따라 요코하마를 조금 지나서 약속대로 해변이 보이는 바에 들어갔다. 그곳에서 나는 I. W. 하퍼의 온더록스를 넉 잔 마시고, 그녀는 바나나 다이키리—바나나 다이키리다!—를 두 잔 마셨다. 그리고 노을을 바라보았다.

"그렇게 마시고 운전할 수 있어요?" 그애가 걱정스러운 듯이 물었다.

"걱정 없어." 나는 말했다. "난 알코올에 관해서는 언더파야."

"언더파?"

"넉 잔 정도면 딱 보통이라고. 그러니까 아무 걱정 안 해도 돼. 괜찮아."

"맙소사."

우리는 요코하마로 돌아와 식사를 하고 차 안에서 키스를 했다. 나는 호텔에 가자고 그녀를 유혹해보았지만 안 된다고 했다.

"탐폰을 넣었단 말이에요."

"빼면 되잖아."

"농담하지 마세요. 아직 이틀째인걸요."

빌어먹을, 하고 나는 생각했다. 도대체 뭐 이런 날이 다 있냐. 이럴 거였으면 처음부터 여자친구와 데이트를 하는 게 나을 뻔했다. 모처럼 여동생과 여유롭게 하루를 보내려고 이번 일요일에는 아무런 약속도 잡지 않았던 탓이다.

"미안해요. 그치만 거짓말 아녜요." 그애가 말했다.

"괜찮아. 신경쓰지 않아도 돼. 네 탓이 아냐. 내 탓이지."

"내 생리가 자기 탓이에요?" 이해할 수 없다는 얼굴로 여자아이는 말했다.

"아니, 이런 날 불러낸 거." 나는 말했다. 당연하지 않은가? 어째서 내 탓으로 잘 알지도 못하는 여자아이가 생리를 한단 말인가?

나는 그녀를 세타가야의 집까지 태워다주었다. 도중에 클러치가 달그락달그락하고 작지만 귀에 거슬리는 소리를 냈다. 이러면 또 수리 센터에 가야겠구나 싶어 한숨이 나왔다. 뭔가 하나가 안 풀리면 모든 것이 연쇄적으로 나쁜 방향으로 흘러가는 전형적인 하루였다.

"조만간 또 만날 수 있을까?" 나는 물었다.

"데이트? 아니면 호텔에서?"

"둘 다." 나는 기분좋게 말했다. "그런 걸 뭐라더라, 표리일체라고 하지 않아? 칫솔과 치약처럼."

"그렇네요. 생각해볼게요." 그녀는 말했다.

"그래, 생각을 많이 하면 머리가 안 늙지." 내가 말했다.

"자기 집은 어때요? 놀러가면 안 돼요?"

"안 돼. 여동생이랑 살거든. 규칙이 있어. 난 여자를 데려오지 않는다. 동생은 남자를 데려오지 않는다."

"진짜 여동생이에요?"

"진짜야. 다음번에 주민등록 등본 떼어다줄게." 나는 말했다.

그녀는 웃었다.

그 여자아이가 자기 집 문 안으로 사라져버릴 때까지 지켜본

후, 나는 차 시동을 걸고 클러치 소리에 귀를 기울이면서 아파트로 돌아왔다.

아파트는 완전히 캄캄했다. 나는 열쇠로 문을 열고 들어가 불을 켜고 여동생의 이름을 불렀다. 그러나 그녀는 아무데도 없었다. 대체 밤 열시에 어디를 간 걸까. 그리고 한참 동안 석간을 찾았지만 신문은 눈에 띄지 않았다. 일요일이었다.

나는 냉장고에서 맥주를 꺼내 잔과 함께 거실로 가져갔다. 오디오를 켜고 턴테이블에 허비 행콕의 신보 레코드를 얹었다. 그리고 맥주를 마시며 스피커에서 음악이 나오길 기다렸다. 그러나 아무리 기다려도 소리가 나지 않았다. 그제야 비로소 오디오가 사흘 전부터 고장이라는 사실이 생각났다. 전원은 켜지는데 소리가 나지 않는다.

마찬가지로 텔레비전을 볼 수도 없었다. 내가 가지고 있는 것은 모니터용 텔레비전 수신기여서 오디오를 통하지 않으면 소리가 나지 않는 구조다.

할 수 없이 나는 소리 없는 텔레비전 화면을 노려보면서 맥주를 마시기로 했다. 텔레비전에서는 오래된 전쟁영화를 하고 있었다. 롬멜의 전차부대가 나오는 아프리카 전쟁물이다. 전차포가 소리 없는 발포를 하고 자동소총이 침묵의 탄흔을 흩뿌리는 가운데 사람들은 말없이 죽어갔다.

젠장, 나는 그날 열여섯번째의—아마 그 정도 될 것이다—한숨을 쉬었다.

*

내가 여동생과 둘이 살게 된 것은 오 년 전 봄의 일이다. 그때 나는 스물두 살이고 여동생은 열여덟이었다. 그러니까 내가 대학을 나와 취직을 하고, 그녀가 고등학교를 나와 대학에 들어간 해다. 부모님은 나와 함께 산다는 조건으로 여동생이 도쿄에 있는 대학에 가는 것을 허락했다. 그래도 좋다고 여동생은 말했다. 괜찮아요, 하고 나도 말했다. 부모님은 우리를 위해 제대로 된 방이 두 개 있는 넓은 아파트를 얻어주었다. 월세의 반은 내가 부담하기로 했다.

앞에서도 말했듯이 나와 여동생은 사이가 좋아서 둘이 사는 데 거의 고충을 느끼지 못했다. 나는 전자제품 회사 광고부에 근무하는 탓에 비교적 늦은 아침에 출근하고 밤늦게 돌아왔다. 여동생은 아침 일찍 학교에 가서 대체로 저녁 무렵에는 돌아왔다. 그래서 내가 눈을 떴을 때 그녀는 이미 없고, 돌아왔을 때는 이미 잠들어 있을 때가 많았다. 게다가 나는 토요일과 일요일 대부분을 여자아이들과 데이트하며 보냈기 때문에 여동생과 제대로 대화하는 것은 일주일에 한두 번이 고작이었다. 하지만 결론적으로 그게 좋았다고 생각한다. 우리는 그 덕분에 싸움 한번 할 틈이 없었고, 서로의 프라이버시에 관여하지도 않았다.

여동생에게도 아마 여러 가지 일이 있었을 거라고 생각하지만 나는 그에 관해 일절 언급하지 않았다. 열여덟을 넘긴 여자아이가 누구와 자든 그건 내가 알 바 아니다.

그러나 딱 한 번 새벽 한시부터 세시까지 그녀의 손을 잡고 있었던 적이 있다. 내가 퇴근해서 돌아오니 주방 테이블에서 여동생이 울고 있었다. 주방 테이블에서 운다는 것은 분명 내가 뭔가를 해주길 원하는 거라고 나는 추측했다. 혼자 있고 싶다면 당연히 자기 방 침대에서 울 게 아닌가. 나는 여동생의 말처럼 편협하고 이기적인 인간일지는 모르지만, 그 정도는 안다.

그래서 나는 옆에 앉아 여동생의 손을 꼭 잡아주었다. 여동생의 손을 잡는 것은 초등학교 시절 잠자리를 잡으러 갔을 때 이후 처음이다. 여동생의 손은 내가 기억하는 것보다—뭐 당연하겠지만—훨씬 야무지고 컸다.

여동생은 끝내 그 자세 그대로 아무 말 없이 두 시간을 울었다. 이렇게 많은 눈물이 잘도 체내에 저장되어 있구나 싶어 감탄했다. 나 같으면 이 분도 못 가서 눈물이 바닥났을 텐데.

그래도 세시가 되니 나도 더는 피곤을 버틸 수가 없어 그만 자리를 접기로 했다. 이쯤에서 오빠로서 뭔가 한마디해야 할 것 같았다. 그런 것은 잘 못하지만 뭐, 어쩔 수 없다.

"난 네 생활에 일절 간섭하고 싶지 않아." 나는 말했다. "네 인생이니까 너 좋은 대로 살면 그만인 거야."

여동생은 고개를 끄덕였다.

"그래도 한 가지 충고하고 싶은데, 가방에 콘돔을 넣고 다니는 짓은 안 하는 게 좋아. 매춘부라고 착각하기 쉬우니까."

그 말이 끝나자 여동생은 테이블 위의 전화번호부를 집어들고 내게 힘껏 던졌다.

"왜 남의 가방을 뒤지는 거야!" 그녀는 고함쳤다. 여동생은 화가 나면 이내 뭔가를 집어던져버린다. 그래서 나는 더는 자극하지 않기 위해, 그녀의 가방 같은 건 한 번도 뒤진 적 없다는 말은 하지 않았다.

그러나 어쨌든 그것으로 여동생은 울음을 그쳤고, 나는 내 침대로 기어들어갈 수 있었다.

여동생이 대학을 나와 여행사에 근무하게 된 후에도 우리의 그런 생활 패턴은 전혀 달라지지 않았다. 여동생의 회사는 아홉시부터 다섯시까지 규칙적으로 근무하는 곳이었고, 내 쪽은 생활이 점점 느슨해져갔다. 점심 전에 출근해서 책상에 앉아 신문이나 읽다가 점심을 먹고, 오후 두시쯤부터 본격적으로 일을 시작해 광고대행사와 저녁 무렵부터 회의를 하고 술을 마시고 한밤중이 지나서 귀가하는 나날의 연속이었다.

여행사에 근무하던 첫 해에 여동생은 여자 친구와 둘이서 미국 서해안으로 여름휴가를 떠났는데(물론 할인요금), 여행을 함께 했던 무리 중에 한 살 연상의 컴퓨터 엔지니어와 친해졌다. 그리고 일본에 돌아와서도 그와 자주 데이트를 하게 되었다. 뭐 흔히 있는 얘기지만 그런 건 내 체질에는 맞지 않았다. 대부분의 패키지여행이란 것이 도대체 싫었고, 그런 곳에서 누군가를 만난다는 건 생각만 해도 끔찍하다.

그런데 그 컴퓨터 엔지니어와 사귀기 시작한 뒤로 여동생은 전보다 훨씬 밝아진 듯했다. 집안일도 말끔히 했고 옷에도 신경을 썼다. 그전까지 여동생은 헐렁한 티셔츠에다 물 빠진 청바지에 운동화 차림으로 어디든 갈 수 있는 타입이었다. 여동생이 외모에 신경쓰게 된 덕분에 신발장은 여동생의 구두로 가득차고, 집안은 세탁소의 철사 옷걸이로 넘쳐났다. 그녀는 빨래를 자주 하고, 다림질을 자주 하고(그때까지는 욕실에 아마존의 개미 둑처럼 빨래가 쌓여 있었다), 요리를 자주 하고, 청소를 자주 하게 되었다. 나도 약간의 경험이 있지만 그것은 위험한 징후였다. 여자가 그런 징후를 보이기 시작하면 남자는 뒤도 안 돌아보고 달아나든지 아니면 결혼하는 수밖에 없다.

그리고 여동생은 내게 그 컴퓨터 엔지니어의 사진을 보여주었다. 여동생이 내게 남자 사진을 보여주는 것은 처음이었다. 이것 역시 위험한 징후다.

사진은 두 장이었고, 한 장은 샌프란시스코의 낚시 대회에서 찍은 것이었다. 청다랑어 앞에 여동생과 컴퓨터 엔지니어가 나란히 서서 웃고 있었다.

"청다랑어 멋진데."

"농담하지 마." 여동생은 말했다. "나 진지하단 말이야."

"뭐라고 말해주길 바라는 거야?"

"아무 소리 안 해도 돼. 그 사람이야."

나는 한 번 더 사진을 들고 남자의 얼굴을 보았다. 세상에 딱 보고 싫어지는 얼굴이 있다면 그게 바로 그런 얼굴이었다. 게다가 그 컴퓨터 엔지니어는 내가 고등학교 때 제일 싫어했던 동아리 선배와 분위기가 똑같았다. 못생긴 것은 아니지만, 머리가 텅 비고 고집스러운 남자였다. 게다가 코끼리처럼 기억력이 좋아서 사소한 것을 언제까지고 기억했다. 머리가 나쁜 것을 기억력으로 때우는 것이다.

"몇 번이나 했냐?"

"바보 같은 소리 하지 마." 이렇게 말하면서도 여동생은 얼굴이 빨개졌다. "자기 척도로 세상을 재지 말라고. 세상 사람들이 모두 오빠 같진 않으니까."

다른 한 장의 사진은 일본에 돌아온 뒤에 찍은 것이었다. 이번에는 컴퓨터 엔지니어 혼자였다. 그는 아래위가 붙은 가죽옷을 입고 대형 오토바이에 기대 있었다. 시트 위에는 헬멧이 있었다. 그리고 샌프란시스코 때와 완전히 똑같은 표정이었다. 달리 자신 있는 표정이 없나보다.

"오토바이를 좋아해." 여동생은 말했다.

"보면 알지." 나는 말했다. "오토바이도 안 좋아하는데 뭐하러 이런 옷을 입겠어."

나는—이것도 물론 속 좁은 심술이라 하겠지만—원래 오토바이 마니아를 좋아하지 않는다. 행색이 과장되고 잘난 척을 많이 한다. 그래도 거기에 대해서는 아무 말 하지 않기로 했다.

나는 여동생에게 말없이 사진을 돌려주었다.

"그래서." 나는 말했다.

"그래서 뭐?" 여동생이 말했다.

"그래서, 어떻게 할 거냐는 말이지."

"모르겠어. 그런데 결혼할지도 몰라."

"프러포즈 받았다는 얘기야?"

"글쎄. 뭐," 그녀는 말했다. "아직 대답은 하지 않았지만."

"흐음." 나는 반응했다.

“솔직히 말하면 나도 이제 막 일을 시작했으니 좀더 독신생활을 느긋하게 즐기고 싶어. 오빠만큼 혁신적인 생활은 못 하더라도.”

“뭐 건전한 사고방식이구나.” 나는 인정했다.

“하지만 좋은 사람이니까 결혼해도 좋을 것 같아.” 여동생은 말했다. “생각해볼 만해.”

나는 테이블 위의 사진을 한 번 더 집어들고 보았다. 그리고 ‘맙소사’ 하고 속으로 중얼거렸다.

그것이 크리스마스 전이었다.

해가 바뀌고 얼마 지나지 않은 무렵, 아침 아홉시부터 어머니에게서 전화가 걸려왔다. 나는 브루스 스프링스틴의 〈본 인 더 유에스에이〉를 들으면서 이를 닦던 참이었다.

어머니는 여동생이 사귀는 남자에 대해 알고 있는지 물었다.

나는 모른다고 했다.

어머니 말에 따르면 여동생이 다음다음 주말에 그 남자와 집에 인사하러 가겠다는 편지를 보냈다고 했다.

“결혼하려는 게 아닐까요?” 나는 말했다.

“그러니까 어떤 사람인가 묻잖아.” 어머니는 말했다. “직접 만나기 전에 좀 알아두고 싶어서.”

“글쎄요, 만난 적이 없어서요. 한 살 연상이고 컴퓨터 엔지니어라던데요. IBM인가 뭔가 그런 데 다니나봐요. 알파벳이 세 개인데. NEC나 NTT 같은. 사진으로 보기에 얼굴은 그저 그래요. 제 취향은 아니지만, 뭐 제가 결혼하는 것도 아니니까."

"대학은 어딜 나왔고 집안은 어떤데?"

"그런 걸 알 리가 없죠." 나는 화를 냈다.

"한번 만나서 이것저것 좀 물어봐줄래?" 어머니가 말했다.

"싫어요. 나도 바빠요. 이 주 뒤에 직접 물어보세요."

하지만 결국 나는 그 컴퓨터 엔지니어를 만나게 되었다. 여동생이 다음 일요일에 그의 집에 정식으로 인사를 가는데 같이 가자고 했다. 그래서 할 수 없이 나는 흰 와이셔츠에 넥타이를 매고 가장 수수한 양복을 입고, 메구로에 있는 그의 집에 갔다. 고풍스러운 주택가 한가운데에 있는 아주 훌륭한 저택이었다. 주차장 앞에는 언젠가 사진에서 본 혼다 500시시가 세워져 있었다.

"멋진 청다랑어로군." 나는 말했다.

"있지, 오빠. 부탁인데 그런 썰렁한 농담 좀 하지 마. 오늘 하루면 되니까." 여동생이 당부했다.

"알았어." 나는 말했다.

그의 부모는 정말 바르고—너무 발라서 약간 마음에 들지 않긴 했지만—멋진 사람들이었다. 부친은 석유회사 중역이었다. 우리 아버지는 시즈오카에 주유소 체인점을 갖고 있으니 그런 면에서는 어느 한쪽이 많이 기우는 혼사는 아니었다. 모친이 고

급 쟁반에 홍차를 내왔다.

나는 정중하게 인사를 하고 명함을 건넸다. 그쪽도 내게 명함을 주었다. 원래는 저희 부모님이 찾아뵙는 게 도리입니다만, 오늘은 급한 볼일이 있어 제가 대신 왔습니다. 다시 날을 잡아서 정식으로 인사를 드리겠습니다, 하고 나는 말했다.

아들에게 말씀 많이 들었는데, 오늘 만나고 보니 아들에게 아까울 정도로 예쁜 아가씨고, 집안도 좋아서 저희는 이 혼담에 이견이 없습니다, 하고 그의 부친이 말했다. 분명 여러 가지로 알아봤을 거라고 생각했다. 그래도 열여섯 살 때까지 초경이 없었으며, 만성 변비에 시달린다는 것까지는 알지 못하겠지.

일단 정식으로 혼사에 대한 얘기가 별 탈 없이 끝나자, 부친은 내게 브랜디를 따라주었다. 정말 훌륭한 브랜디였다. 우리는 그것을 마시면서 각자의 일에 대한 얘기를 했다. 여동생이 슬리퍼 끝으로 내 발을 차면서 너무 마시지 말라고 주의를 주었다.

그동안 아들인 컴퓨터 엔지니어는 아무 말도 하지 않고 긴장한 기색으로 부친 옆에 얌전히 앉아 있었다. 그가 적어도 이 집 지붕 아래에서는 아버지 권력의 지배 아래 있다는 것을 한눈에 알 수 있었다. 빌어먹을, 하고 나는 생각했다. 그는 그때까지 내가 본 적도 없는 희한한 무늬의 스웨터를 입고, 속에는 어울리지 않는 색의 셔츠를 받쳐입었다. 대체 어째서 좀더 세련된 녀석을 찾지 못했을까?

대충 얘기를 마무리짓고 네시쯤 되어 우리는 자리에서 일어났다. 컴퓨터 엔지니어가 우리 두 사람을 역까지 바래다주었다.

"어디 들어가서 차라도 같이 할까?" 그가 나와 여동생에게 제안했다. 나는 차 따위 마시고 싶지 않았고, 그런 희한한 무늬의 스웨터를 입은 남자와 같이 앉아 있고 싶지도 않았지만, 거절하면 분위기가 나빠질 것 같아서 셋이 가까운 커피숍에 가는 것에 동의했다.

그와 여동생은 커피를 주문하고 나는 맥주를 주문했지만 맥주는 없었다. 그래서 할 수 없이 커피를 마셨다.

"오늘은 정말 감사했습니다. 큰 도움이 됐습니다." 그가 내게 인사를 했다.

"아니 별로, 뭐 당연한 일이니까." 나는 점잖게 말했다. 이제 농담을 할 기력조차 없었다.

"형님 얘기는 자주 들었습니다."

형님?

나는 커피 스푼 몸통으로 귓불을 긁다가 다시 접시에 내려놓았다. 여동생은 또 내 발을 찼지만, 컴퓨터 엔지니어는 그 동작의 의미를 전혀 눈치채지 못한 것 같았다. 아마 이진법으로 된 농담은 아직 개발되지 않았을 것이다.

"정말 사이가 좋아 보여서 부럽습니다." 그는 말했다.

"기쁜 일이 있으면 서로 걷어차곤 하지." 나는 말했다.

컴퓨터 엔지니어는 무슨 말인지 모르겠다는 표정이었다.

"농담하는 거야." 여동생이 질렸다는 듯 말했다. "그런 걸 좋아하는 사람이거든."

"농담이야." 나도 거들었다. "가사를 분담한 거지. 동생은 빨래를 하고, 나는 농담을 하고."

컴퓨터 엔지니어는—와타나베 노보루가 정확한 이름이다—그 말을 듣고 조금 안심했는지 미소를 지었다.

"밝고 좋잖습니까. 저도 그런 가정을 갖고 싶습니다. 밝은 게 제일이죠."

"봐." 나는 여동생에게 말했다. "밝은 게 제일이라잖아. 넌 너무 신경질적이야."

"재미있는 농담이라면 말이지." 여동생은 대꾸했다.

"가능하면 가을에 결혼하고 싶습니다만." 와타나베 노보루가 말했다.

"결혼식은 역시 가을이 좋지." 나는 말했다. "그때면 다람쥐도 곰도 부를 수 있고."

컴퓨터 엔지니어는 웃고, 여동생은 웃지 않았다. 그녀는 정말로 화가 난 것 같았다. 그래서 나는 볼일이 있다며 먼저 자리를 떴다.

아파트로 돌아온 후, 나는 어머니에게 전화를 걸어 대충의 상황을 설명했다.

"그렇게 나쁘지 않은 남자더라고요." 나는 귀를 후비면서 말했다.

"그렇게 나쁘지 않다는 건 어떻다는 거야?" 어머니가 물었다.

"제대로라는 말이죠. 적어도 나보다는 제대로인 것 같아요."

"너도 그만하면 제대로야." 엄마가 말했다.

"기분좋은데요. 고마워요." 나는 천장을 보며 말했다.

"그래, 대학은 어딜 나왔고?"

"대학이요?"

"어느 대학 나왔냐고, 그 사람?"

"그런 건 본인한테 물어보세요." 나는 이렇게 말하고 전화를 끊었다. 그리고 넌덜머리를 내며 냉장고에서 맥주를 꺼내 혼자 마셨다.

*

스파게티 건으로 여동생과 싸운 다음날, 나는 오전 여덟시 반에 눈을 떴다. 전날과 마찬가지로 구름 한 점 없는 좋은 날씨였다. 마치 어제의 연속 같다고 생각했다. 밤사이 잠시 중단됐던 인생이 다시 계속되는 것이다.

나는 땀에 젖은 파자마와 속옷을 빨래 바구니에 던져넣고, 샤워를 하고 수염을 깎았다. 그리고 수염을 깎으면서 뭔가 될 듯하다가 바로 눈앞에서 날려버린 어젯밤의 여자아이를 떠올렸다. 할 수 없지 뭐. 불가항력이었고 나로서는 최선을 다했다. 아직 기회는 충분히 있다. 아마 다음 일요일에는 잘되겠지.

나는 주방에서 토스트를 두 장 만들고 커피를 끓였다. 그리고 FM 방송을 들으려다가 오디오가 고장난 것이 생각나 포기하고, 대신 신문 독서란을 읽으면서 빵을 먹었다. 독서란에는 내가 읽을 만한 책이 하나도 소개되지 않았다. '늙은 유대인의 공상과 현실이 교차하는 성생활'에 관한 소설, 분열증 치료에 관한 역사적 고찰, 아시오 광독鑛毒 사건, 이런 책들뿐이었다. 그런 책을 읽느니 차라리 여자 소프트볼 팀 주장과 섹스하는 편이 훨씬 즐겁다. 신문사는 분명 우리를 엿 먹이려고 이런 책을 선정했을 것이다.

바삭하게 구운 빵을 하나 먹고 신문을 테이블 위에 도로 내려놓았을 때, 잼이 든 병 아래에 있는 메모지를 발견했다. 거기에는 여동생의 예의 자잘한 글씨로 이번 일요일 저녁에 와타나베 노보루를 초대했으니 나도 같이 식사하도록 꼭 집에 붙어 있으라는 내용이 적혀 있었다.

나는 아침식사를 마치고, 셔츠 위에 떨어진 빵 부스러기를 털어내며 그릇을 싱크대에 갖다놓은 후, 여동생이 다니는 여행사에 전화를 걸었다. 여동생이 받더니 "지금은 바빠서 통화하기 곤란하니까 십 분 뒤에 내가 다시 걸게" 하고 말했다.

전화는 이십 분 뒤에 걸려왔다. 그 이십 분 사이에 나는 팔굽혀펴기를 마흔세 번 하고, 손과 발을 합쳐 스무 개의 손발톱을 깎고, 셔츠와 넥타이와 재킷과 바지를 골랐다. 그리고 이를 닦고 머리를 빗고 하품을 두 번 했다.

"메모 읽었어?" 여동생이 물었다.

"읽었어." 나는 말했다. "그런데 미안하지만 이번 일요일은 전부터 해둔 약속이 있어서 안 돼. 조금만 일찍 말해줬으면 비워놓았을걸. 정말 유감이다."

"뻔뻔스러운 소리 하지 마. 어차피 이름도 제대로 기억 못 하는 여자랑 어디 가서 그 짓 할 약속이지?" 여동생이 차가운 목소리로 말했다.

"그걸 토요일로 당길 수는 없어?"

"토요일은 하루종일 스튜디오에 있어야 한단 말이야. 전기담요 CF를 만들어야 되거든. 요즘 좀 바빠서."

"그럼 그 데이트를 취소해."

"취소 요금 내야 돼." 나는 말했다. "지금이 특히 미묘한 단계란 말이야."

"미묘한 단계인 건 내 쪽도 마찬가지 아냐?"

"그야 그렇지만." 나는 의자에 걸쳐놓은 셔츠에 넥타이를 맞추면서 말했다. "서로 생활에 간섭하지 않기로 한 게 룰 아니었어? 너는 네 약혼자와 밥 먹고, 나는 내 여자친구와 데이트하고, 그럼 되잖아."

"안 돼. 오빠는 그 사람을 계속 피해왔지? 지금까지 한 번밖에 만나지 않았고, 그것도 사 개월 전이야. 그럴 거 없잖아. 몇 번이나 만날 기회가 있었는데 이리저리 핑계 대며 도망만 다니고. 대단한 실례라고 생각하지 않아? 오빠 여동생의 약혼자야. 한 번쯤은 같이 식사해도 되잖아."

여동생 말에도 일리가 있어서 나는 아무 말도 하지 않았다. 확실히 나는 매우 자연스럽게 와타나베 노보루와 동석할 기회를 피하는 쪽으로 행동하고 있었다. 아무리 생각해도 와타나베 노보루와 나 사이에 그다지 공통된 화제가 있을 것 같지 않았고, 동시통역이 필요한 농담을 하는 것도 무척 피곤한 일이었다.

"부탁이야, 그날 하루만이라도 좋으니까 좀 어울려줘. 그렇게만 해주면 여름 끝날 때까지 오빠의 성생활 방해하지 않을게."

"내 성생활이라고 해봐야 별거 없어." 나는 말했다. "여름을 못 넘길지도 몰라."

"어쨌든 이번 일요일은 집에 있어주는 거지?"

"할 수 없지 뭐." 나는 포기했다.

"어쩌면 오디오를 고쳐줄지도 몰라. 그 사람, 그런 게 특기니까."

"손재주가 있으시다."

"이상한 상상 하지 마." 여동생은 전화를 끊었다.

나는 넥타이를 매고 회사에 갔다.

그 주는 줄곧 화창했다. 하루하루가 똑같은 날의 반복이었다. 수요일 밤에 나는 여자친구에게 전화를 걸어, 일이 바빠서 이번 주말도 못 만날 것 같다고 했다. 벌써 삼 주째이니만큼 그녀는 퉁퉁 부어 있었다. 그러고는 수화기를 든 참에 일요일에 데이트했던 여대생의 집에 전화를 걸어보았지만 그녀는 없었다. 목요일에도 금요일에도 그녀는 없었다.

일요일 아침, 여덟시에 여동생이 깨워서 일어났다.

"시트 빨 건데 언제까지 잘 거야." 그녀는 말했다. 그리고 여동생은 침대 시트와 베갯잇을 걷으면서 파자마까지 벗겼다. 나는 갈 데가 없어서 샤워를 하러 들어가 수염을 깎았다. 저 녀석도 점점 어머니를 닮아가는군, 하고 나는 생각했다. 여자라는 존재는 마치 연어 같다. 이러니저러니 해도 모두 똑같은 곳으로 회귀한다.

샤워를 끝낸 나는 짧은 바지에 색이 바래 글씨가 거의 지워진 티셔츠를 걸치고 늘어지게 하품을 하면서 오렌지주스를 마셨다. 몸속에 아직 어젯밤 마신 알코올이 남아 있었다. 신문을 펼칠 마음도 들지 않았다. 테이블 위에 소다크래커 상자가 있어서, 그걸 서너 개 먹는 걸로 아침을 대신했다.

여동생은 시트를 세탁기에 넣어 돌리고, 그사이 내 방과 자기 방을 정리정돈했다. 그리고 그 일이 끝나자 세제를 풀어서 거실과 주방 바닥과 벽을 걸레로 닦기 시작했다. 나는 계속 거실 소파에서 뒹굴며 미국에 있는 친구가 보내준 무삭제판 〈허슬러〉의 누드 사진을 보고 있었다. 다 같은 여자 성기라고 해도 실로 여러 가지 크기와 모양이 있다. 키나 지능지수처럼.

"있지, 그런 데서 뒹굴뒹굴하지 말고 장이나 봐와." 여동생이 이렇게 말하며 뭘 빽빽이 적은 메모지를 건넸다. "그리고 그런 책은 눈에 띄지 않는 데다 좀 넣어둬. 단정한 사람이니까."

나는 〈허슬러〉를 테이블 위에 놓고 메모지를 노려보았다. 양상추, 토마토, 셀러리, 프렌치드레싱, 훈제 연어, 머스터드, 양파, 수프스톡, 감자, 파슬리, 스테이크용 고기 세 장……

"스테이크용 고기?" 나는 말했다. "어제도 스테이크 먹었단 말이야. 스테이크 싫어. 크로켓이 좋은데."

"오빠는 어제 스테이크를 먹었을지 모르지만, 우리는 안 먹었어. 멋대로 그러지 마. 모처럼 손님을 저녁식사에 초대해놓고 어떻게 크로켓을 내놔?"

"난 여자애 집에 초대받아 갔는데 크로켓이 나오면 감동할 것 같은데. 가늘게 채 썬 하얀 양배추를 듬뿍 담고, 재첩을 넣은 된장국에…… 생활이란 그런 거야."

"그렇지만 오늘은 어쨌든 스테이크로 정했어. 크로켓 같은 건 다음에 배 터지게 먹여줄 테니까. 오늘은 고집부리지 말고 그냥 묵묵히 스테이크나 먹어. 부탁이야."

"알겠습니다." 나는 고분고분하게 말했다. 여러 가지로 투덜거리기는 했지만 최종적으로 나는 사리분별이 바른 친절한 인간이다.

근처 슈퍼마켓에 가서 메모에 적힌 대로 장을 다 보고 주류점에 들러 사천오백 엔짜리 샤블리를 샀다. 샤블리는 약혼한 젊은 커플에게 주는 나의 선물인 셈이다. 그런 것으로나 친절한 사람이 되는 수밖에.

집에 돌아오자 침대 위에 랄프 로렌의 파란색 폴로셔츠와 얼룩 하나 없는 베이지색 면바지가 가지런히 놓여 있었다.

"그걸로 갈아입어." 여동생이 말했다.

젠장, 하고 속으로 투덜거렸지만 불평 없이 옷을 갈아입었다.

무슨 말을 해도 나의 따뜻한 오물로 가득한 평소의 평화로운 휴일이 쟁반에 놓여 다시 돌아오는 일은 없을 것이다.

*

와타나베 노보루는 세시에 왔다. 물론 오토바이를 타고 산들바람과 함께 찾아왔다. 그의 혼다 500시시의 따따거리는 불길한 배기음은 500미터 전방에서부터 확실히 알 수 있었다. 베란다에서 머리를 내밀고 아래를 내려다보니, 그가 아파트 현관 옆에 오토바이를 세우고 헬멧을 벗는 것이 보였다. 고맙게도 STP의 스티커가 붙은 헬멧만 빼면 오늘은 지극히 보통 사람에 가까운 복장이었다. 풀을 빳빳하게 먹인 체크무늬 버튼다운셔츠, 넉넉한 흰 바지, 방울장식이 달린 갈색 로퍼. 다만 구두와 벨트의 색이 맞지 않을 뿐이다.

"낚시 대회의 지인이 온 것 같은데?" 싱크대에서 감자를 깎고 있는 여동생에게 말했다.

"그럼 잠깐만 오빠가 상대해줄래? 난 저녁식사 준비해야 되니까." 여동생이 말했다.

"별로 내키지 않는걸. 무슨 얘기를 해야 할지도 모르겠고. 내가 식사를 준비할 테니까 둘이 얘기 나눠."

"말도 안 되는 소리 하지 마. 그게 무슨 꼴불견이야. 오빠가 놀아줘."

초인종이 울리고 문을 열자, 거기에 와타나베 노보루가 서 있었다. 나는 그를 거실로 안내해 소파에 앉으라 권했다. 그는 선물로 배스킨라빈스 아이스크림을 들고 왔지만 우리 냉동실은 좁은데다 이미 다른 냉동식품으로 가득차 있어서 쑤셔넣느라 애를 먹었다. 도대체가 민폐형 인간이다. 하필이면 고르고 고른 게 아이스크림인가.

그리고 나는 그에게 맥주를 마시겠냐고 권했다. 마시지 않겠다고 그는 답했다.

"체질적으로 술이 안 받습니다." 그는 말했다. "여하튼 맥주 한 잔만 마셔도 속이 메슥거려서요."

"난 학교 다닐 때 친구들과 내기해서 세숫대야 가득 맥주를 마신 적도 있는데." 나는 말했다.

"그래서 어떻게 되셨습니까?" 와타나베 노보루가 물었다.

"꼬박 이틀 동안 소변에서 맥주냄새가 나더군." 나는 말했다. "게다가 트림—이……"

"저기, 지금 오디오를 살펴보는 게 어때?" 여동생이 불길한 냄새를 맡았는지, 오렌지주스 두 잔을 테이블에 놓으면서 말했다.

"알겠어." 그가 말했다.

"손재주가 좋다며?" 나는 물었다.

"그렇습니다." 그는 거침없이 대답했다. "옛날부터 프라모델이나 라디오 조립하는 걸 좋아했습니다. 온 집안의 고장난 물건들을 수리하며 돌아다녔죠. 오디오는 어디가 말썽입니까?"

"소리가 안 나와." 나는 말했다. 그리고 앰프 스위치를 켜고 레코드를 틀어 소리가 나지 않는 것을 확인시켜주었다.

그는 몽구스 같은 포즈로 오디오 앞에 쪼그리고 앉아 하나하나 스위치를 켜보았다.

"앰프 계통이군요. 그것도 내부적인 문제는 아닌데요."

"어떻게 알지?"

"귀납법입니다." 그는 말했다.

귀납법, 하고 나는 생각했다.

그리고 그는 소형 프리앰프와 파워앰프를 끄집어내어 연결된 선을 전부 분리하고 하나하나 조심스레 살펴나갔다. 그러는 동안 나는 냉장고에서 버드와이저 캔을 꺼내 혼자 마셨다.

"술을 잘 마시는 건 역시 즐거운 일이죠?" 그는 샤프펜슬 끝으로 플러그를 찌르면서 말했다.

"그런가." 나는 말했다. "예전부터 쭉 술을 마셔왔으니 뭐라 말할 수 없군. 비교대상이 없으니까."

"저도 조금은 연습하고 있습니다."

"술 마시는 연습을?"

"네, 맞습니다." 와타나베 노보루가 말했다.

"이상한가요?"

"이상하지 않아. 먼저 백포도주부터 시작하는 게 좋을 거야. 큰 글라스에 백포도주와 얼음을 넣고, 거기다 페리에를 섞고 레몬을 짜넣으면 아주 좋지. 난 주스 대신으로 마시지만."

"도전해보겠습니다." 그가 말했다. "아아, 음, 역시 이거였어."

"뭐가?"

"프리하고 파워 사이의 연결 코드가 문제였네요. 양쪽 다 핀 플러그가 원래부터 빠져 있었어요. 이 플러그는 구조적으로 상하 흔들림에 약하거든요. 그래도 너무 엉성한걸요. 이 앰프 최근에 무리하게 움직인 적 있나요?"

"그러고 보니 그 뒤를 청소하다가 움직였는데." 여동생이 말했다.

"그렇구나." 그는 말했다.

"저거 오빠네 회사 제품이지?" 여동생이 내게 물었다. "애초에 저렇게 약한 플러그를 다는 게 나쁜 거야."

"내가 만든 거 아냐. 난 광고를 만들 뿐이라고." 나는 작은 소리로 말했다.

"땜질 인두만 있으면 금방 고칠 수 있는데요." 와타나베 노보루가 말했다. "있습니까?"

없지, 하고 나는 대답했다. 그런 게 있을 리 없다.

"그럼 잠깐 오토바이를 타고 가서 사오겠습니다. 땜질 인두 하나쯤 있으면 편리하죠."

"그렇겠군." 나는 힘없이 말했다. "그런데 철물점이 어딨더라."

"압니다. 아까 그 앞을 지나왔거든요." 와타나베 노보루가 말했다.

나는 또 베란다에서 얼굴을 내밀고, 와타나베 노보루가 헬멧을 쓰고 오토바이를 타고 사라지는 모습을 지켜보았다.

"좋은 사람이지?" 여동생이 말했다.

"마음이 편하네." 나는 말했다.

*

핀 플러그 수리를 무사히 마친 것은 다섯시 전이었다. 그가 가벼운 보컬을 듣고 싶다고 해서, 여동생은 훌리오 이글레시아스의 판을 틀었다. 훌리오 이글레시아스! 맙소사, 어째서 그런 두더지 똥 같은 것이 집에 있었지?

"형님은 어떤 음악을 좋아하십니까?" 와타나베 노보루가 물었다.

"이런 걸 아주 좋아하지." 나는 대충 대답했다. "그 밖에 브루스 스프링스틴이라든지 제프 벡이라든지 도어스라든지."

"전부 한 번도 들어본 적 없군요." 그는 말했다. "역시 이런 느낌의 음악입니까?"

"대체로 비슷하지." 나는 말했다.

그리고 그는 자신이 속해 있는 프로젝트 팀이 현재 개발중인 새로운 컴퓨터 시스템 얘기를 했다. 철도 사고가 일어났을 때 가장 효과적으로 돌아가 운전하기 위한 다이어그램을 순간적으로 계산하는 시스템이라는데, 얘기를 들어보니 확실히 편리할 것 같긴 했지만 그 원리는 핀란드어 동사 변화만큼이나 난해했다.

그가 열심히 얘기하는 동안, 나는 적당히 고개를 끄덕거리면서 내내 여자 생각만 하고 있었다. 다음 휴일에는 누구랑 어디서 술을 마시고, 어디서 밥을 먹고, 어느 호텔에 갈까 하는 생각들 말이다. 나는 분명 선천적으로 그런 것을 좋아한다. 한편에 프라모델을 만들고 전철 다이어그램 만들기를 좋아하는 인간이 있듯, 나는 여자들과 술을 마시고 그녀들과 자는 것이 좋다. 그런 것은 분명 인간의 지혜를 넘어선 숙명 같은 것이리라.

내가 네 병째의 맥주를 다 마셨을 즈음에 저녁식사가 준비되었다. 메뉴는 훈제 연어와 비시수아즈*, 스테이크와 샐러드와 감자튀김이었다. 언제나처럼 여동생의 요리 솜씨는 그리 나쁘지 않았다. 나는 샤블리를 따서 혼자 마셨다.

"형님은 어떻게 전자제품 회사에 취직하셨습니까? 얘기를 들어보니 전기에 대해 별로 흥미가 없으신 것 같은데." 와타나베 노보루가 안심 스테이크를 나이프로 썰면서 물었다.

"오빠는 대체로 유익하고 사회적인 것은 별로 좋아하지 않아." 여동생이 말했다. "그래서 직장 같은 건 어떤 데든 상관없었어. 마침 거기에 연줄이 있어서 들어간 것뿐이지."

"맞는 말이야." 나는 강하게 동의했다.

"머릿속에 놀 생각밖에 없는걸. 뭔가를 진지하게 연구하겠다거나 발전해야겠다는 생각은 제로야."

"한여름의 베짱이지." 나는 말했다.

"그리고 성실하게 살아가는 사람을 삐딱하게 보면서 즐기고 있지."

"그런 건 아냐." 나는 말했다. "남의 일과 내 일은 별개 문제야. 나는 내 생각에 따라 정해진 열량을 소비하는 것뿐이야. 남의 일은 나랑 관계없어. 삐딱하게 보지도 않아. 난 확실히 별 볼일 없는 인간일지 모르지만 적어도 남의 일을 방해하진 않아."

"별 볼일 없다니요." 와타나베 노보루가 거의 반사적으로 말

---

* 크림수프의 일종인 프랑스 요리.

했다. 필시 가정교육을 잘 받은 것 같다.

"고마워." 나는 와인 잔을 들었다. "그리고 결혼하기로 한 거 축하해. 혼자 마셔서 미안하지만."

"식은 10월에 올릴 생각입니다." 와타나베 노보루가 말했다. "다람쥐도 곰도 부를 수 없겠지만요."

"그거라면 신경쓰지 않아도 돼." 나는 말했다. 어럽쇼, 이놈이 농담을 다 하네. "그래, 신혼여행은 어디로 갈 건가? 할인요금은 적용되겠지?"

"하와이." 여동생이 짧게 대답했다.

그리고 우리는 비행기 얘기를 했다. 나는 최근에 안데스 산중의 비행기 조난 사건에 관한 책을 몇 권 읽은 참이어서 그 얘기를 했다.

"인육을 먹을 때는 비행기의 두랄루민 파편 위에다 고기를 올려놓고 태양열에 익혀서 먹는다던데."

"있지, 식사중에 그런 기분 나쁜 얘기밖에 할 게 없어?" 여동생이 손을 멈추고 나를 노려보며 말했다. "여자애들 꼬일 때도 밥 먹다가 그런 얘기를 해?"

"형님은 아직 결혼 생각이 없으십니까?" 와타나베 노보루가 중간에 끼어들었다. 마치 몹시 사이 나쁜 부부가 손님을 초대한 꼴이었다.

"기회가 없어서." 나는 감자튀김을 입에 넣으면서 말했다. "어린 여동생도 돌보아야 했고, 오랜 전쟁도 있었고."

"전쟁이요?" 와타나베 노보루가 깜짝 놀란 듯 되물었다. "어떤 전쟁이요?"

"쓸데없는 농담이야." 여동생은 드레싱을 흔들면서 말했다.

"쓸데없는 농담이지." 나도 말했다. "그래도 기회가 없었다는 건 거짓말이 아냐. 난 속이 좁아터진데다 양말도 잘 안 빨아서 함께 살면 좋겠다고 해주는 멋진 여자를 만나지 못했어. 자네와 달리."

"양말 때문에 무슨 일이라도?" 와타나베 노보루가 물었다.

"그것도 농담." 여동생이 피곤한 목소리로 설명했다. "양말 정도는 내가 매일 빨고 있어."

와타나베 노보루는 고개를 끄덕이며 일 초 반쯤 웃었다. 나는 이다음에는 삼 초쯤 웃겨주리라 마음먹었다.

"하지만 동생이랑 오랫동안 함께 사셨잖습니까?" 그는 여동생 쪽을 가리키며 말했다.

"그야, 동생이니까." 나는 말했다.

"그건 오빠가 멋대로 살아도 내가 전혀 입을 떼지 않았기 때문이야." 여동생이 말했다. "그렇지만 진짜 생활이라는 건 그런 게 아냐. 진짜 성인의 생활이라는 건, 진짜 생활이라는 건 사람과 사람이 좀더 정직하게 부딪치는 거야. 물론 오빠와 보낸 오 년 동안의 생활은 분명히 나름대로 즐거웠어. 자유롭고 편하고. 그렇지만 요즘 들어 이런 건 제대로 된 생활이 아니라는 생각이 들더라고. 뭐랄까, 생활의 실체가 느껴지지 않아. 오빠는 도무지 자기 생각밖에 하지 않고, 진지한 얘기를 하려 해도 어깃장만 놓잖아."

"소극적인 것뿐이야." 나는 말했다.

"교만이야." 여동생은 말했다.

"소극적이고 교만해서야." 나는 와인을 잔에 따르면서 와타나베 노보루를 향해 설명했다. "소극성과 교만으로 되돌아가는 운전을 하고 있는 거야."

"이해를 할 것도 같습니다." 와타나베 노보루가 고개를 끄덕이며 말했다. "그렇지만 혼자가 되면—그러니까 그녀와 내가 결혼을 하면 말입니다—역시 형님도 누군가와 결혼하고 싶어지지 않을까요?"

"그럴지도 모르지." 나는 말했다.

"정말?" 여동생이 내게 물었다. "정말 그렇게 생각한다면 내 친구 중에 괜찮은 애 소개시켜줄게."

"그때가 되면." 나는 말했다. "지금은 아직 너무 위험해."

*

식사를 마치고 우리는 거실로 옮겨와 커피를 마셨다. 여동생은 이번에는 윌리 넬슨의 판을 틀었다. 고맙게도 훌리오 이글레시아스보다 아주 조금 나았다.

"저도 사실은 형님처럼 서른 정도까지는 혼자 지내고 싶었습니다." 여동생이 주방에서 설거지를 하는 동안 와타나베 노보루가 내게 고백하듯이 말했다.

"그런데 저 친구를 만나고 아무래도 결혼하고 싶어졌습니다."

"괜찮은 애야." 나는 말했다. "좀 고집이 세고 변비가 있긴 하지만, 틀림없는 선택이라고 생각해."

"그렇지만 결혼을 한다는 게 왠지 두렵기도 합니다."

"좋은 면만 보고 좋은 것만 생각하면 아무것도 두렵지 않아. 나쁜 일이 일어나면 그 시점에 다시 생각하면 되니까."

"그럴지도 모르겠군요."

"내 일이 아니니까." 나는 말했다. 그러고는 여동생에게 가서 잠깐 근처를 산책하고 오겠다고 말했다.

"열시 넘을 때까지 들어오지 않을 거니까 둘이 천천히 즐겨도 돼. 시트 새로 갈았지?"

"이상한 것만 밝히는 사람이라니까." 여동생은 질렸다는 듯이 말했지만, 내가 나가는 것에 대해서는 특별히 반대하지 않았다.

나는 와타나베 노보루에게 가서 이웃에 볼일이 있어 나가는데, 조금 늦을지도 모른다고 했다.

"많은 얘기 나눌 수 있어서 기뻤습니다. 정말 즐거웠어요." 와타나베 노보루가 말했다. "결혼해도 자주 놀러와주세요."

"고마워." 나는 상상력을 잠시 차단하고 말했다.

"차는 가져가지 마. 오늘은 꽤 마셨으니까." 나가려는 참에 여동생이 말했다.

"걸어갈 거야." 나는 말했다.

가까운 바에 들어간 것은 여덟시가 다 되어갈 무렵이었다. 나는 카운터에 앉아 I. W. 하퍼 온더록스를 마셨다. 카운터 안쪽 텔레비전에서는 자이언츠 대 야쿠르트 전을 중계하고 있었다. 물론 소리는 나지 않고, 그 대신 신디 로퍼의 노래가 흐르고 있었다. 투수는 니시모토와 오바나인데 삼 대 이로 야쿠르트가 이기고 있다. 무음의 텔레비전을 보는 것도 그리 나쁘지 않다고 생각했다.

나는 그 야구 중계를 보면서 온더록스를 석 잔 마셨다. 아홉시가 되자 삼 대 삼 동점인 상황에서 7회 말로 야구 중계가 끝나고, 텔레비전이 꺼졌다. 한 자리 건너 옆에는 가끔 이 가게에서 마주치는 이십대 전후의 아가씨가 앉아 똑같이 텔레비전을 보고 있었다. 중계가 끝나자 나는 그녀와 야구 얘기를 했다. 그녀가 자기는 자이언츠 팬인데, 당신은 어느 팀을 좋아하느냐고 물었다. 어디라도 상관없어, 라고 나는 대답했다. 그저 시합 자체를 보는 걸 좋아하니까.

"그런 게 뭐가 재밌어요?" 그녀는 물었다. "그런 식으로 야구를 봐도 집중할 수 있어요?"

"집중하지 않아도 돼. 어차피 내가 하는 것도 아닌데."

그리고 나는 온더록스를 두 잔 더 마셨고, 그녀에게는 다이키리를 두 잔 사주었다. 미대에서 산업디자인을 전공하는 아가씨여서 우리는 광고 미술에 대한 얘기를 나누었다. 열시가 되고, 우리는 그 바를 나와 좀더 의자가 편안한 곳으로 옮겼다. 그곳에서 나는 또 위스키를 마시고, 그녀는 그래스호퍼를 마셨다. 그녀는 상당히 취해 있었고, 나 역시 꽤 취기가 돌았다. 열한시에 나는 그녀를 바래다주러 그녀의 아파트까지 가서 당연한 것처럼 섹스를 했다. 손님에게 방석과 차를 내놓는 것과 같은 일이었다.

"불 꺼요." 그녀가 말했고, 나는 불을 껐다. 창으로는 거대한 니콘의 광고탑이 보이고, 옆집에서는 야구 뉴스를 하는 텔레비전 소리가 크게 들려왔다. 어두운데다 취기가 더해지자 대체 뭘 하고 있는지 스스로도 알 수 없을 정도였다. 그런 것은 섹스라고도 할 수 없다. 그저 페니스를 움직여 정액을 방출하는 행위일 뿐.

적절하게 생략된 한바탕의 행위를 마치자 그녀는 기다렸다는 듯이 잠이 들어서, 나는 정액도 제대로 닦지 못한 채 옷을 입고 집을 나왔다. 어둠 속에서 여자의 옷과 뒤죽박죽된 내 폴로셔츠와 바지와 팬티를 찾는 일은 정말이지 힘들었다.

바깥으로 나오자 취기가 한밤중의 화물열차처럼 급격히 몸속을 뚫고 지나갔다. 정말 지독한 기분이었다. 『오즈의 마법사』의 양철 나무꾼처럼 몸이 삐걱거렸다. 취기를 깨우려고 자동판매기의 주스를 한 병 마셨는데, 그걸 다 마심과 동시에 위 속의 것을 전부 길 위에 쏟아냈다. 스테이크, 훈제 연어, 양상추, 토마토의 잔해들이다.

제기랄, 하고 나는 생각했다. 술을 마시고 토하는 게 대체 몇 년 만이야? 나는 대체 요즘 뭘 하고 있는 거지? 같은 짓을 반복할 뿐인데, 반복할 때마다 나빠져가는 게 아닌가?

그리고 나는 맥락도 없이 와타나베 노보루와 그가 사온 땜질 인두를 생각했다.

"땜질 인두 하나쯤 있으면 편리하죠." 와타나베 노보루는 말했다.

건전한 생각이야, 하고 나는 손수건으로 입을 닦으면서 생각했다. 네 덕분에 이제 우리집에도 땜질 인두가 하나 생겼다. 하지만 그 땜질 인두 탓에 그곳은 이제 내 집이 아닌 것 같다.

아마 그건 내가 속이 좁은 탓일 것이다.

*

아파트로 돌아온 것은 한밤이 지나서였다. 물론 현관 옆에는 오토바이가 없었다. 나는 엘리베이터로 4층까지 올라가 열쇠로 현관문을 열었다. 주방 싱크대 위에 작은 형광등 하나가 켜 있을 뿐 나머지는 온통 암흑이었다. 여동생은 아마 정나미가 떨어져서 먼저 자버렸을 것이다. 그 기분 안다.

나는 컵에 오렌지주스를 따라 단숨에 마시고, 샤워를 하러 들어가 불쾌한 냄새가 나는 땀을 비누로 씻어내리고 정성껏 이를 닦았다. 샤워를 마치고 세면실의 거울을 보자, 스스로도 소름끼칠 정도로 한심한 얼굴이었다. 마지막 전철 좌석에서 종종 마주치는 술 취한 지저분한 중년 남자의 얼굴이다. 피부는 거칠고 눈은 움푹 꺼지고 머리카락은 푸석하다.

나는 고개를 저으며 세면실의 불을 끄고 목욕타월 한 장만 허리에 감은 채 주방으로 가 수돗물을 마셨다. 내일이면 어떻게든 되겠지, 하고 나는 생각했다. 안 되면 또 내일이 있잖아. 오블라디 오블라다, 인생은 흘러간다.

“많이 늦었네.” 옅은 어둠 속에서 여동생이 말을 건넸다. 그녀는 거실 소파에 앉아 혼자 맥주를 마시고 있었다.

“술 마시고 있었네?”

“오빠, 과음했어.”

“알고 있어.” 나는 말했다. 그리고 냉장고에서 캔맥주를 꺼내 들고 여동생 맞은편에 앉았다.

우리는 한동안 아무 말 없이 이따금 캔맥주만 기울였다. 바람이 베란다 화분의 잎사귀를 흔들었고 그 너머로 어렴풋이 반원형의 달이 보였다.

“미리 말해두지만, 안 했어.” 여동생이 말했다.

“뭘?”

“아무것도. 신경쓰여서 할 수가 없었어.”

“호오.” 나는 말했다. 나는 반달이 뜬 밤에는 어쩐 일인지 말수가 적어진다.

“뭐가 신경쓰였는지 안 물어?” 여동생이 말했다.

“뭐가 신경쓰였는데?” 나는 물었다.

“이 방이 말이야. 이 방이 신경쓰여서 여기서는 못 해, 난.”

“흐응.” 나는 말했다.

“저기, 왜 그래? 몸이라도 안 좋은 거야?”

“피곤해.” 나는 말했다. “나도 피곤할 때가 있어.”

여동생은 묵묵히 내 얼굴을 들여다보았다. 나는 마지막 한 모금의 맥주를 마신 후 등받이에 머리를 기대고 눈을 감았다.

"있지, 나 때문에 피곤해?"

"아냐." 나는 눈을 감은 채 대답했다.

"대화를 하기엔 너무 지친 거야?" 여동생이 작은 목소리로 물었다.

나는 몸을 일으켜 그녀를 보았다. 그리고 고개를 저었다.

"저기, 오빠. 오늘 내가 말이 너무 심했지? 그러니까 오빠 자신에 대해서라든가, 오빠랑 사는 것에 대해서라든가……?"

"아냐." 나는 말했다.

"정말?"

"넌 요즘 아주 옳은 말만 하고 있어. 그러니까 신경 안 써도 돼. 그런데 어째서 갑자기 그런 생각을 하게 된 거야?"

"그 사람이 돌아간 뒤 계속 여기서 오빠를 기다리는 동안 문득 그런 생각을 했어. 너무 말이 심하지 않았나 하고."

나는 냉장고에서 캔맥주를 두 개 꺼내고, 오디오 전원을 켜 낮은 볼륨으로 리치 바이라크 트리오의 판을 틀었다. 한밤중에 취해서 돌아올 때면 늘 듣는 음악이다.

"분명 조금은 혼란스러울 거야." 나는 말했다. "생활의 변화 같은 것에 대해서 말이야. 기압의 변화랑 같은 거지. 나도 나름대로 조금은 혼란스러우니까."

여동생은 고개를 끄덕였다.

"내가 오빠한테 화풀이를 하는 걸까?"

"모두 누구에겐가 화풀이를 해." 나는 말했다. "그렇지만 만약 네가 나를 선택해서 화풀이를 한다면 그 선택은 현명한 거야. 그러니까 신경쓸 것 없어."

"왠지 모르지만 때때로 무서워, 미래란 거." 여동생은 말했다.

"좋은 면만 보고 좋은 것만 생각하면 돼. 그러면 아무것도 무섭지 않아. 나쁜 일이 생기면 그 시점에 생각하면 되는 거야." 나는 와타나베 노보루에게 한 것과 같은 대사를 되풀이했다.

"그렇지만 그렇게 잘될까?"

"잘되지 않으면 그 시점에 다시 생각하면 돼."

여동생이 쿡쿡 웃었다. "오빠는 옛날부터 특이한 사람이었어." 그녀는 말했다.

"근데, 한 가지 질문해도 될까?" 나는 새 맥주의 캔꼭지를 따며 물었다.

"좋아."

"그 사람 전에 몇 명이랑 잤어?"

여동생은 조금 망설이더니 손가락을 두 개 펴 보였다. "두 명."

"한 명은 동갑이고, 다른 한 명은 연상이지?"

"어떻게 알아?"

"패턴이지." 나는 맥주를 한 모금 마셨다. "나도 쓸데없이 노는 게 아니거든. 그 정도는 알아."

"표준이란 거야?"

"건전하다는 거지."

"오빠는 몇 명 정도의 여자랑 잤는데?"

"스물여섯 명." 나는 말했다. "얼마 전에 세어봤어. 생각나는 것만 스물여섯 명. 생각나지 않는 게 열 명쯤 있을지도 몰라. 일기를 쓴 것도 아니니까."

"어째서 그렇게 많은 여자들하고 잤어?"

"몰라." 나는 솔직하게 대답했다. "안 그래야 할 텐데. 스스로 계기를 못 찾고 있어."

그리고 우리는 한참 동안 침묵하며 각자 생각에 잠겼다. 멀리서 오토바이의 배기음이 들렸지만 와타나베 노보루는 아닐 것이다. 벌써 새벽 한시니까.

"저기, 그 사람 어때?" 여동생이 물었다.

"와타나베 노보루?"

"응."

"뭐, 나쁜 사람 같진 않더라. 내 취향이 아니고, 패션 감각이나 취미가 좀 이상하지만." 나는 조금 생각한 후에 솔직하게 덧

붙였다.

"그래도 한 집에 한 명쯤은 그런 사람이 있는 것도 괜찮을 것 같아."

"나도 그렇게 생각해. 난 오빠를 좋아하지만 사람들이 모두 오빠 같다면 세상이 아주 우스워지지 않을까?"

"그렇겠지." 나는 말했다.

그리고 우리는 남은 맥주를 마저 마시고 각자의 방으로 돌아갔다. 새로 깐 침대 시트는 주름 하나 없이 깨끗했다. 나는 그 위에 누워 커튼 틈새로 달을 바라보았다. 우리는 대체 어디로 가려는 것일까, 하고 나는 생각했다. 하지만 그런 것을 깊이 생각하기에 난 너무 피곤했다. 눈을 감으니 졸음이 어두운 그물처럼 머리 위에서부터 소리 없이 훨훨 내려앉았다.

쌍둥이와 침몰한 대륙

1

쌍둥이와 헤어진 지 반년쯤 지났을 무렵 나는 그녀들의 모습을 사진잡지에서 발견했다.

그 사진 속의 쌍둥이는 예의—나와 함께 살 때 늘 입고 있던—'208'과 '209'라는 번호가 적힌 싸구려 트레이닝셔츠가 아니라, 훨씬 그럴듯하고 시크한 차림이었다. 한 사람은 니트 원피스를 입었고, 한 사람은 거친 면소재의 재킷을 입고 있었다. 머리는 전보다 훨씬 길게 길렀고 눈 주변에 엷게 화장도 했다.

그러나 나는 그 두 사람이 쌍둥이란 것을 이내 알았다. 한 사람은 뒤돌아보고 있고, 다른 사람은 옆얼굴밖에 보이지 않았다.

하지만 그 페이지를 펼친 순간부터 나는 알고 있었다. 몇백 번이나 들어서 머릿속에 박힌 레코드의 첫 음을 들었을 때처럼, 나는 순간적으로 모든 것을 파악할 수 있었다. 그녀들이 여기에 있다, 하는 것을.

그것은 최근 롯폰기 외곽에 문을 연 디스코텍에서 찍은 사진이었다. 잡지에는 '도쿄 풍속 최전선'이라는 특집 기사가 여섯 페이지에 걸쳐 실려 있고, 그 제일 첫 페이지를 쌍둥이의 사진이 장식하고 있었다.

카메라는 다소 위쪽에서 넓은 가게 안을 광각렌즈로 담고 있었는데, 설명이 없었더라면 그곳이 디스코텍이 아니라 교묘하게 만들어진 온실이나 수족관이라 해도 믿을 것 같았다. 모든 것이 유리로 된 탓이다. 바닥과 천장 말고는 테이블도 벽도 장식품도 전부 유리 소재였다. 그리고 곳곳에 관엽식물이 놓여 있었다.

유리 칸막이의 블록 안에서 어떤 사람들은 칵테일 잔을 기울이고, 어떤 사람들은 춤을 추고 있었다. 마치 정밀하고 투명한 인체모형 같았다. 하나하나의 부분이 각각의 원칙에 따라 제대로 기능하고 있는.

사진의 오른쪽 끝에 거대한 계란형 유리 테이블이 있고, 쌍둥이는 그곳에 앉아 있었다. 그녀들 앞에는 트로피컬 드링크가 담긴 커다란 유리잔 두 개와 간단한 스낵을 담은 접시 몇 개가 있었다. 쌍둥이 중 한 명은 양팔을 의자 등받이 뒤로 감은 채 유리벽 저편의 댄스 플로어를 유심히 바라보고 있고, 또 한 명은 옆자리에 앉은 젊은 남자에게 뭔가 얘기를 하고 있었다. 만약 거기에 찍힌 것이 그 쌍둥이가 아니라면 그 자체는 어디에서나 볼 수 있는 평범한 광경이었을 것이다. 두 여자와 한 남자가 디스코텍 테이블에서 술을 마시는 것뿐이니까. 디스코텍의 이름은 '더 글라스 케이지'였다.

내가 그 잡지를 보게 된 것은 지극히 우연이었다. 거래처 사람과 약속이 있어 커피숍에 갔는데 마침 시간 여유가 있었다. 그래서 가게의 잡지꽂이에 있던 잡지를 가져와 뒤적거리게 되었던 것이다. 그렇지 않았다면 한 달이 지난 사진잡지를 굳이 읽을 일은 없을 것이다.

쌍둥이를 찍은 컬러사진 아래에는 아주 틀에 박힌 설명이 적혀 있었다. '더 글라스 케이지'는 요즘 도쿄에서 가장 최신 음악을 틀며, 가장 유행에 앞서는 사람들이 모이는 디스코텍이다, 라고 기사는 말하고 있었다. 그 이름에 걸맞게 가게는 유리벽으로 둘러싸여 있고, 그것은 투명한 미로를 연상시킨다. 모든 종류의 칵테일이 제공되는 이곳에서는 음향효과에도 세심한 주의를 기울이고 있다. 입구에서는 들어오는 사람을 체크하는데, '시크한 복장'이 아닌 손님이나 남자들만 있는 그룹은 입장을 허락하지 않는다—라는 말이었다.

나는 웨이트리스에게 두 잔째 커피를 주문하며 잡지 한 페이지를 오려가도 괜찮겠냐고 물어보았다. 그녀는 지금 책임자가 없어서 모르겠지만, 오려가도 그다지 신경쓰는 사람은 없을 거라고 했다. 그래서 나는 플라스틱 메뉴판을 이용해 그 페이지를 깨끗하게 찢어서 네 번 접어 재킷 안주머니에 넣었다.

사무실로 돌아오자 아무도 없고 문만 열려 있었다. 책상 위에는 어지럽게 서류가 흩어져 있고, 싱크대에는 씻어야 할 컵이며 접시가 잔뜩 쌓여 있고, 재떨이는 꽁초로 가득했다. 사무 보는 여자아이가 감기로 사흘째 쉬고 있는 탓이다.

맙소사, 하고 나는 생각했다. 사흘 전까지는 먼지 하나 없이 청결한 사무실이었는데, 이건 마치 고등학교 농구부의 라커룸 같다.

나는 주전자에 물을 끓이고 컵을 하나만 씻어 인스턴트커피를 넣었다. 스푼을 찾지 못해 비교적 깨끗해 보이는 볼펜으로 저어 마셨다. 결코 맛있지는 않았지만, 따뜻한 맹물을 마시는 것보다는 훨씬 나았다.

책상 끝에 걸터앉아 혼자 커피를 마시고 있을 때, 옆 사무실인 치과 접수처에서 아르바이트하는 여자아이가 출입문을 빠끔히 열고 얼굴을 들이밀었다. 긴 머리에 작은 체구의 그녀는 상당한 미인이다. 처음 봤을 때는 자메이카나 뭐 그쪽 계통의 피가 섞였나 생각했을 정도로 피부색이 검었는데, 얘기를 들어보니 홋카이도 낙농가 출신이었다. 어째서 그렇게 피부가 검은지는 본인도 모른다고 한다. 그러나 어쨌든 그 검은 피부는 흰 옷을 입으면 더욱 도드라졌다. 마치 알베르트 슈바이처의 조수같이.

그녀는 내 사무실에서 일하는 여자아이와 동갑이어서 짬이 나면 때때로 놀러와 둘이 수다를 떨었고, 가끔 우리 여직원이 쉬는 날에는 대신 전화도 받아주고 용건도 전해주었다. 전화벨이 울리면 옆 사무실에서 뛰어와 전화를 받고 용건을 전달해주는 것이다. 그래서 사무실을 비울 때는 언제나 문을 활짝 열어둔다. 도둑이 들어와도 훔쳐갈 건 아무것도 없으니까.

"와타나베 씨는 약을 사러 간다며 나가셨어요." 그녀가 말했다. 와타나베 노보루는 나의 동업자 이름이다. 나와 그는 그 무렵 둘이서 조그만 번역 사무실을 하고 있었다.

"약?" 나는 조금 놀라며 되물었다. "무슨 약?"

"부인 약이요. 위가 안 좋아서 특별 한방약이 필요하대요. 그래서 고탄다에 있는 한약방까지 가신대요. 좀 늦을지도 모르니까 먼저 들어가시래요."

"흐음." 나는 말했다.

"그리고 아무도 안 계신 동안 온 전화는 거기 메모해두었어요." 그녀는 전화기 아래에 끼워놓은 하얀 편지지를 가리켰다.

"고마워." 나는 말했다. "네 도움이 크구나."

"자동응답 전화를 사는 게 어떻겠냐고 우리 선생님이 말씀하셨어요."

"그건 싫어." 나는 말했다. "온기가 없잖아."

"저도 나쁘지 않아요, 별달리. 복도를 뛰어다니면 운동도 되고요."

그녀가 체셔 고양이처럼 웃는 얼굴만 남기고 사라져버린 뒤, 나는 그 메모를 들고 필요한 전화를 몇 통 걸었다. 인쇄소에다 배송 일시를 지정하고, 번역 아르바이트생들과 내용을 의논하고, 임대회사에다 복사기 수리도 부탁했다.

그런 전화를 한바탕 하고 나자 더는 할 일이 없어서 할 수 없이 싱크대에 쌓여 있는 그릇을 씻어서 정리했다. 재떨이의 꽁초는 쓰레기통에 버리고, 멈춘 시계의 바늘을 맞추고, 매일 한 장씩 찢어내는 달력도 제대로 오늘 날짜에 맞추었다. 책상 위의 연필은 연필통에 넣고, 서류는 항목마다 정리하고, 손톱깎이는 서랍에 넣어두었다. 덕분에 사무실 안은 이제야 보통 사람들이 일하는 작업장 같아졌다.

나는 책상 끝에 걸터앉아 사무실을 휘 둘러보며 "나쁘지 않군" 하고 소리 내어 말했다.

창밖에는 1974년 4월의 부옇고 흐린 하늘이 펼쳐져 있었다. 평평한 구름은 이음매 하나 없어, 마치 하늘에 재색 뚜껑을 푹 뒤집어씌운 것처럼 보였다. 해질 무렵의 엷은 빛은 수중의 먼지처럼 천천히 하늘을 떠돌다 콘크리트와 철근과 유리로 만들어진 해저 골짜기에 소리도 없이 쌓였다.

하늘도, 거리도, 그리고 사무실 안도 모두 같은 색조의 습기 찬 잿빛으로 물들어 있었다. 아무데도 이음매란 것이 없었다.

나는 물을 끓여서 커피를 한 잔 더 탔다. 이번에는 제대로 스푼으로 저어 마셨다. 카세트덱을 틀자 천장에 달아놓은 작은 스피커에서 바흐의 류트 곡이 흘러나왔다. 스피커도 카세트덱도 테이프도 모두 와타나베 노보루가 집에서 가져온 것이었다.

나쁘지 않군, 하고 이번에는 소리 내지 않고 말했다. 4월의 춥지도 덥지도 않은 흐린 해질녘에 바흐의 류트 곡은 썩 잘 어울렸다.

그리고 나는 제대로 의자에 앉아 재킷 주머니에서 쌍둥이 사진이 실린 페이지를 꺼내 책상 위에 펼쳤다. 그리고 밝은 스탠드 불빛 아래서 오랫동안 아무 생각 없이 멍하니 바라보다가 문득 책상 서랍 안에 사진 확대용 루페가 있다는 것이 생각나, 그것을 이용해 한 곳 한 곳을 자세히 점검하기로 했다. 그런 짓을 한다고 무슨 도움이 될까 싶었지만, 마땅히 달리 할 만한 일도 생각나지 않았다.

젊은 남자의 귀에 대고 뭐라고 말을 걸고 있는 쌍둥이 중 한 쪽—누가 누구인지 나는 평생 구분하지 못할 것이다—은 입 끝에 여차하면 놓칠 뻔한 작은 미소를 띠고 있었다. 그녀의 왼쪽 팔은 유리 테이블 위에 올려져 있었다. 그것은 확실히 그 쌍둥이의 팔이었다. 가느다랗고 매끄러우며, 시계도 반지도 하지 않았다.

그것과 대조적으로 얘기를 듣고 있는 남자 쪽은 어딘지 모르게 어두운 얼굴이었다. 세련된 다크블루 셔츠를 입은 남자는 마른 체구에 키가 크고 핸섬했다. 오른쪽 손목에 가는 은팔찌를 하고 있었다. 그는 양손을 테이블에 올려놓고 앞에 놓인 가늘고 긴 유리잔을 물끄러미 바라보고 있었다. 마치 그 음료수가 그의 인생을 바꾸기라도 할 중대한 존재이며, 그것에 관해 어떤 결정을 재촉당하고 있는 듯한 느낌이었다. 유리잔 옆에 놓인 재떨이에서는 뭔가 마실 수 없는 듯한 하얀 연기가 피어오르고 있었다.

쌍둥이는 내 아파트에 있을 때보다 조금 말라 보였지만 정확한 것은 알 수 없었다. 사진의 각도나 조명 탓에 우연히 그렇게 보인 건지도 모른다.

나는 남은 커피를 단숨에 마시고 서랍에서 담배 한 개비를 꺼내 성냥으로 불을 붙였다. 그리고 대체 어째서 쌍둥이가 롯폰기의 디스코텍에서 술을 마시고 있을까 생각했다. 내가 아는 쌍둥이는 최신 유행의 디스코텍에 드나들거나 눈화장을 할 아이들이 아니기 때문이다. 그녀들은 지금 어디에 살며, 무엇을 해서 먹고 사는 걸까? 그리고 이 남자는 대체 누구일까?

하지만 손안에서 볼펜 자루를 삼백오십 번 정도 빙글빙글 돌리면서 그 사진을 뚫어지게 바라본 뒤, 나는 아마 이 남자가 지금 쌍둥이를 데리고 있는지도 모르겠다는 결론에 도달했다. 쌍둥이는 전에 나한테 그랬듯이 무언가를 계기로 이 남자의 생활 속으로 들어가버린 것이다. 남자에게 말을 걸고 있는 한쪽 쌍둥이의 입가에 떠 있는 미소를 물끄러미 보다가 깨달았다. 그녀의 미소는 넓은 초원에 내리는 달콤한 비처럼 그녀 자신에게 완전히 융화되어 있었다. 그녀들은 새로운 장소를 발견한 것이다.

나는 그들 세 사람의 공동생활을 세부적인 것까지 자세히 머릿속에 떠올릴 수 있다. 쌍둥이는 흘러가는 구름처럼 가는 곳에 따라 그 모습을 바꿀지도 모른다. 그러나 그녀들 안에 있는, 그 존재를 특징짓는 몇 가지만은 절대 달라지지 않으리란 걸 나는 잘 알고 있다. 그녀들은 지금도 역시 커피크림 비스킷을 깨물면서, 지금도 역시 긴 산책을 하며, 욕실 바닥에서 야무지게 빨래를 할 것이다. 그것이 쌍둥이다.

사진을 보는데도 이상하게 그 남자에게 질투가 느껴지지 않았다. 질투뿐만 아니라 다른 어떤 종류의 감흥도 느껴지지 않았다. 그것은 단지 상황으로 그곳에 존재할 뿐이었다. 내게는 다른 시대 다른 세계에서 스크랩해온 단편적인 정경에 지나지 않았다. 나는 이미 쌍둥이를 상실했다. 아무리 애를 쓴다 해도 원래의 상태로 돌아갈 수 없었다.

내가 단지 조금 마음에 걸리는 건 남자의 얼굴이 몹시 어둡다는 사실이었다. 그의 얼굴이 어두울 이유 따위 없지 않나, 하고 나는 말했다. 당신에게는 쌍둥이가 있고 내게는 없다. 나는 쌍둥이를 상실했지만, 당신은 상실하지 않았다. 언젠가 당신 역시 쌍둥이를 상실하게 되겠지만 그건 더 나중의 일이고, 무엇보다 당신은 언젠가 그녀들을 상실하게 될지도 모른다는 생각조차 하지 않을 것이다. 하긴 당신은 혼란스러울지 모른다. 그건 이해할 것 같다. 누구라도 항상 혼란스럽다. 그래도 당신이 지금 맛보는 혼란은 치명적인 종류의 것이 아니다. 그리고 그건 언젠가 당신 스스로도 깨닫게 될 것이다.

하지만 내가 무슨 생각을 하건 그 남자에게 전할 수는 없다. 그들은 먼 시대의 먼 세계 속에 있다. 그들은 마치 부유하는 대륙처럼 내가 모르는 어두운 우주를 정처 없이 방황하고 있다.

다섯시가 되어도 와타나베 노보루가 돌아오지 않아서 연락사

항을 몇 가지 메모한 후 퇴근 준비를 하고 있는데, 옆 치과의 여자아이가 다시 와서 세면실을 써도 되느냐고 물었다.

"얼마든지 써." 나는 말했다.

"우리 세면실 형광등이 나가버렸어요." 그녀는 화장 가방을 들고 세면실로 들어가더니, 거울 앞에 서서 머리를 빗고 립스틱을 발랐다. 그녀가 세면실 문을 닫지 않아서 나는 책상 끝에 걸터앉아 별생각 없이 그 뒷모습을 바라보았다. 하얀 유니폼을 벗은 그녀는 다리가 아주 예뻤다. 짤막한 파란색 모직 스커트 아래로 무릎 뒤쪽의 살짝 들어간 곳이 보였다.

"뭘 보세요?" 그녀는 화장지로 립스틱을 정리하면서 거울을 향해 물었다.

"다리." 나는 말했다.

"마음에 들어요?"

"나쁘지 않아." 나는 솔직하게 대답했다.

그녀는 빙그레 웃으며 립스틱을 가방에 넣고 세면실을 나와 문을 닫았다. 그리고 하얀 블라우스 위에 옅은 파란색 카디건을 걸쳤다. 카디건은 마치 구름을 한 조각 떼어놓은 것처럼 폭신하고 가벼워 보였다. 나는 트위드 재킷 주머니에 양손을 찔러넣고 또 한참 동안 그 카디건을 보고 있었다.

"저어, 절 보시는 거예요? 아니면 뭔가 생각하시는 거예요?"

그녀가 물었다.

"카디건 좋네, 하는 생각." 나는 말했다.

"맞아요, 비쌌어요." 그녀가 말했다.

"그렇지만 사실은 그다지 비싸지 않았어요. 왜냐하면 여기 오기 전에 부티크에서 판매 일을 했거든요. 뭐든지 직원 할인으로 싸게 살 수 있어서요."

"왜 부티크를 그만두고 치과로 온 거야?"

"월급이 적은데다 옷만 사게 되어서요. 그보다는 치과에서 일하는 편이 나아요. 충치도 공짜나 다름없이 치료할 수 있고요."

"그렇겠군." 나는 말했다.

"그런데 당신의 패션 감각도 그리 나쁜 편은 아니네요."

"나?" 나는 입고 있는 옷을 내려다보았다. 아침에 어떤 옷을 골라 입고 나왔는지조차 제대로 생각나지 않았다. 대학 시절에 산 베이지색 면바지에 삼 개월이나 빨지 않은 감색 스니커즈, 하얀 폴로셔츠에 회색 트위드 재킷 차림이었다. 폴로셔츠는 새것이었지만, 재킷은 언제나 주머니에 손을 넣는 탓에 형태가 치명적으로 망가져 있다.

"꼴이 엉망이지."

"그렇지만 잘 어울리세요."

"설령 어울린다 하더라도 패션 감각이라고 할 건 없어. 그냥 되는 대로 걸친 것뿐이니까." 나는 웃으며 말했다.

"그럼 새 슈트를 사서 재킷 주머니에 손을 찔러넣고 다니는 버릇을 고치면 어때요? 그거 버릇이죠? 좋은 옷 같은데 모양 다 버리겠어요."

"벌써 버렸는걸." 나는 말했다. "그건 그렇고 일 끝났으면 역까지 같이 갈까?"

"좋아요." 그녀는 말했다.

카세트와 앰프 스위치를 내리고 불을 끄고 문을 잠근 후 긴 언덕길을 따라 역까지 내려갔다. 나는 빈손이었기 때문에 습관적으로 양손을 여느 때처럼 재킷 주머니에 찔러넣었다. 몇 번인가 그녀의 충고대로 양손을 바지 주머니로 옮겨보았지만, 결국 잘 되지 않았다. 바지 주머니에 손을 넣고 있으면 아무래도 안정이 안 된다.

그녀는 오른손으로 숄더백 끈을 잡고, 마치 리듬을 맞추듯 몸 옆에서 왼손을 가볍게 흔들었다. 등을 곧게 펴고 걷는 그녀는 실제 이상으로 키가 커 보였고, 걷는 템포도 나보다 훨씬 빨랐다.

바람이 없는 탓인지 거리는 괴괴했다. 옆을 지나가는 트럭의 배기음과 공사중인 빌딩의 소음도 마치 몇 겹이나 겹쳐진 베일을 뚫고 다가오는 소리처럼 희미하게 들렸다. 해질녘의 봄 공기 속으로 그녀의 하이힐 소리만이 규칙적이면서도 매끄럽게 쐐기를 박으며 나아가는 듯 들렸다.

나는 아무 생각 없이 그 소리에 귀를 기울이며 걷다가, 하마터면 모퉁이에서 튀어나온 자전거 탄 초등학생과 부딪칠 뻔했다. 그녀가 왼손으로 내 팔꿈치를 힘껏 잡아당기지 않았더라면 정말 정면으로 부딪쳤을 것이다.

"앞을 잘 보고 걸어야죠." 그녀가 어이없다는 듯이 말했다. "무슨 생각을 하며 걷는 거예요?"

"아무 생각도 안 해." 나는 심호흡을 한 뒤 말했다. "그냥 멍한 거야."

"뭐예요. 대체 나이가 몇 살쯤 됐어요?"

"스물다섯." 나는 말했다. 연말이면 스물여섯이 된다.

그녀는 그제야 내 팔꿈치에서 손을 뗐고, 우리는 다시 언덕길을 내려가기 시작했다. 이번에는 나도 확실히 걷는 데만 주의를 집중했다.

"그러고 보니 아직 이름도 모르는구나." 나는 말했다.

"말 안 했던가요?"

"못 들었어."

"메이." 그녀는 말했다. "가사하라 메이."

"메이?"

나는 약간 의아해하며 물었다.

"5월의 메이요."

"5월생이야?"

"아뇨." 그녀는 고개를 저었다. "8월 21일생이에요."

"근데 어째서 메이라는 이름을 붙였을까?"

"알고 싶어요?"

"그거야 뭐." 나는 말했다.

"웃지 않기예요?"

"웃지 않을 거야."

"우리집에서 산양을 길렀어요." 그녀는 별것 아니란 듯이 말했다.

"산양?"

"산양 알아요?"

"알지."

"얼마나 머리가 좋은 산양이었는지, 우리 식구들은 그 산양을 가족처럼 여기며 귀여워했어요."

"산양 메이?" 나는 복창하듯이 말했다.

"농가에 딸만 여섯 명 있는 집의 여섯째로 태어났으니, 이름 같은 건 아무래도 상관없었던 거예요."

나는 고개를 끄덕였다.

"그래도 외우기 쉽죠? 산양 메이."

"확실히." 나는 말했다.

역에 도착해서 부재중 전화를 받아준 인사치레로 가사하라 메이에게 저녁을 권했는데 그녀는 약혼자와 약속이 있다고 했다.

"그럼 다음에 하지." 나는 말했다.

"네, 기대할게요." 가사하라 메이는 말했다.

그리고 우리는 헤어졌다.

그녀의 옅은 파란색 카디건이 퇴근하는 사람들의 무리 속으로 빨려들듯이 사라져 두 번 다시 돌아오지 않는 것을 확인한 후, 나는 재킷 주머니에 손을 찔러넣은 채 적당한 방향으로 걷기 시작했다.

가사하라 메이가 사라지자 내 몸은 다시 그 이음매 하나 없이 평평한 잿빛 구름에 뒤덮인 듯이 느껴졌다. 머리 위를 올려다보니 구름은 아직 그곳에 있었다. 희미한 잿빛에 밤의 푸른빛이 섞여 주의해서 보지 않으면 그곳에 구름이 있는 것조차 모를 정도였지만, 그것은 여전히 몸을 움츠리고 있는 앞을 보지 못하는 거대한 짐승처럼 하늘을 덮고 달과 별을 뒤에 감추고 있었다.

마치 해저를 걸어가는 것 같군, 하고 나는 생각했다. 앞도 뒤도 오른쪽도 왼쪽도 모두 똑같아 보인다. 기압도 호흡법도 아직 몸에 완전히 익숙하지 않다.

혼자가 되자 식욕이 완전히 사라져버렸다. 아무것도 먹고 싶지 않다. 아파트에도 돌아가고 싶지 않고, 그렇다고 해서 마땅히 갈 곳도 없다. 그래서 할 수 없이 뭔가 좋은 생각이 날 때까지 거리를 걷기로 했다.

이따금씩 멈춰 서서 쿵푸 영화의 간판을 보기도 하고, 악기점 쇼윈도를 들여다보기도 했지만, 그 밖의 대부분의 시간을 나는 스쳐 지나가는 사람들의 얼굴을 바라보며 걸었다. 몇천이라는 수의 사람들이 내 눈앞에 나타났다가 사라져갔다. 그들은 한쪽 의식의 변경에서 다른 쪽 의식의 변경으로 이동하는 것 같았다.

거리는 언제나처럼 변함없는 그 거리였다. 하나하나 본래의 의미를 상실해버린 채 섞여든 사람들의 웅성거림과 어디서랄 것도 없이 잇달아 나타나 귀를 스치고 지나가는 짧게 토막난 음악, 끊임없이 반복하는 점멸 신호와 그것을 부추기는 자동차 배기음. 그 모든 것이 하늘에서 쏟아진 무진장한 잉크처럼 밤거리에 내려앉았다. 밤거리를 걷다보니 그런 술렁거림이며 빛이며 냄새며 흥분의 몇 분의 일은 진짜 현실에 존재하지 않는 것들이라는 생각이 들었다. 그것들은 어제 혹은 그제, 아니면 지난주 혹은 지난달부터의 먼 메아리 같은 것이었다.

그러나 나는 그 메아리 속에서 귀에 익은 뭔가를 인정할 수 없었다. 그것은 너무나 멀고 너무나 막연했다.

얼마의 시간 동안 얼마의 거리를 걸었는지 모르겠다. 내가 아는 것은 내가 몇천이라는 수의 사람들을 스쳐 지나왔다는 것뿐이다. 그리고 내가 추측할 수 있는 것은 앞으로 칠팔십 년이 지나면 그런 몇천이라는 수의 사람들은 틀림없이 거의 모두 이 세상에서 소멸하리라는 것이다. 칠팔십 년은 그다지 긴 세월이 아니다.

거리를 지나가는 사람들의 얼굴을 바라보는 데도 지치자—아마 나는 그 안에서 쌍둥이의 얼굴을 찾고 있었던 것 같다. 그게 아니라면 사람들의 얼굴을 바라볼 이유가 아무것도 없으니까—나는 거의 무의식적으로 인기척 없는 좁은 샛길로 꺾어들어 가끔 혼자서 술을 마시는 작은 바에 들어갔다. 그리고 카운터에 앉아 평소처럼 버번위스키 온더록스를 주문하고 치즈 샌드위치를 몇 조각 먹었다. 가게 안에 손님의 모습이라고는 없었다. 묵직하게 떠도는 공기가 오랜 세월을 거친 목재 가구며 옻나무 식기에 잘 어울렸다. 몇십 년 전에나 유행했을 법한 재즈 피아노 트리오의 음악이 천장 스피커에서 조그맣게 흘러나오고, 유리잔이 부딪치는 소리며 얼음을 깨는 소리가 때때로 그것에 섞였다.

모든 것은 상실되어버리는 것이라고 생각하기로 했다. 모든 것은 상실되었고, 계속해서 상실을 거듭할 수밖에 없는 것이다. 손상된 것을 원래대로 되돌려놓는 일은 아무도 할 수 없다. 지구는 그 때문에 태양의 둘레를 계속 회전하는 것이다.

내게 필요한 것은 결국 리얼리티라고 생각했다. 지구가 태양의 둘레를 회전하고, 달이 지구의 둘레를 회전하는 것과 같은 유의 리얼리티.

만약에—나는 가정했다—어딘가에서 쌍둥이와 우연히 마주쳤다고 하자. 그다음에 나는 어떻게 해야 좋을까?

한 번 더 같이 살지 않을래, 하고 그녀들에게 말해보는 게 좋을까?

그러나 그런 제안이 무의미하다는 것을 나는 잘 알고 있었다. 무의미하고 불가능하다. 그녀들은 이미 나를 통과해버렸다.

그래도 만약에—나는 두번째 가정을 했다—쌍둥이가 내게로 돌아오는 데 동의했다고 하자. 생각할 수 없는 일이지만, 어쨌든 그렇게 가정해보자. 그래서 그다음은?

나는 샌드위치 옆에 있는 피클을 씹으며 위스키를 한 모금 마셨다.

무의미해. 나는 생각했다. 몇 주일이나 몇 개월, 혹은 몇 년, 그녀들은 내 아파트에 머물지도 모른다. 그리고 어느 날, 그녀들은 다시 모습을 감출 것이다. 요전과 마찬가지로 아무런 예고도 없고 아무런 설명도 없이 바람에 꺼져버린 봉화처럼 어딘가로 사라져갈 것이다. 같은 일이 반복될 뿐이다. 무의미하다.

그것이 리얼리티라는 것이다. 나는 쌍둥이가 없는 세계를 받아들이지 않으면 안 된다.

나는 종이냅킨으로 카운터 위의 물방울을 닦아내고, 재킷 안주머니에서 쌍둥이의 사진을 꺼내 올려놓았다. 그리고 두 잔째의 위스키를 마시면서 쌍둥이 중 한 명은 옆에 앉은 젊은 남자에게 대체 무슨 말을 하고 있던 참일까를 생각해보았다. 한참 사진을 들여다보고 있으니, 그녀가 남자의 귀에 공기나 눈에는 보이지 않는 가느다란 안개 같은 것을 보내는 것처럼 느껴졌다. 남자가 그것을 알아챘는지 어떤지 사진으로는 알 수 없었다. 그러나 아마 남자는 아무것도 느끼지 못할 거라고 추측했다. 마치 그 시절에 내가 아무것도 깨닫지 못했던 것처럼.

조금 빗나간 기억의 파편을 머릿속에서 주물럭거리는 동안에—그런 행위가 초래하는 필연적인 결과로—나는 양쪽 관자놀이 안쪽이 나른해짐을 느꼈다. 마치 내 머릿속에 갇혀 있던 한 쌍의 뭔가가 그곳으로 빠져나오려고 몸을 뒤트는 느낌 같기도 했다.

아무래도 이런 사진은 태워버려야 한다고 생각했다. 그러나 나는 태울 수 없었다. 만약 내게 그것을 태워버릴 만한 힘이 있다면 처음부터 이렇게 막다른 골목으로 들어서지도 않았을 것이다.

나는 두 잔째의 위스키를 다 마시고 수첩과 동전을 들고 공중 전화 앞으로 가서 다이얼을 돌렸다. 그러나 신호음이 네 번쯤 울렸을 때 생각을 고쳐 수화기를 내려놓고, 전화를 끊었다. 그러고는 수첩을 들고 한참 동안 전화기를 노려봐도 뾰족한 생각이 떠오르지 않아서 카운터로 돌아와 석 잔째의 위스키를 주문했다.

결국 아무것도 생각하지 않기로 했다. 무엇을 생각한다고 해서 어떤 결론에 도달할 리는 없다. 나는 한동안 머리를 비우고 그 공백 속으로 몇 잔의 위스키를 쏟아부었다. 그리고 머리 위 스피커에서 흐르는 음악에 귀를 기울였다. 그러는 동안 못 견디게 여자를 안고 싶어졌지만 누구를 안아야 좋을지 몰랐다. 누구라도 상관없었지만 그중의 누구 한 사람을 섹스 상대로 구체적으로 정할 수가 없었다. 누구라도 좋지만 아무나여서는 곤란한 것이다. 젠장, 하고 나는 생각했다. 내가 아는 여자를 전부 모아 하나로 섞어놓은 몸이라면 섹스할 것도 같은데, 아무리 수첩을 뒤적여봐도 그런 상대의 전화번호가 있을 리 없었다.

나는 한숨을 쉬며 몇 잔째인지 잊어버린 온더록스의 나머지를 단숨에 마시고 계산을 한 뒤 가게를 나왔다. 그리고 거리의 신호등 앞에 서서 '이다음에 또 뭘 하면 좋을까'를 생각했다. 극히 가까운 이다음이다. 오 분 후, 십 분 후, 십오 분 후에 나는 대체 무엇을 하면 좋을까? 어디로 가면 좋을까? 무엇을 하고 싶은가? 어디로 가고 싶은가? 무엇을 하게 될 것인가? 어디로 가게 될 것인가?

그러나 나는 그 대답을 하나도 찾지 못했다.

2

"언제나 똑같은 꿈을 꿔." 나는 눈을 감은 채 여자에게 말했다.

한참 동안 눈을 감고 있었더니 마치 나 자신이 아슬아슬하게 균형을 잡으면서 불안정한 공간에 떠 있는 것처럼 느껴졌다. 아마 푹신한 침대 위에 알몸으로 뒹굴고 있는 탓일 것이다. 아니면 여자가 뿌린 오드콜로뉴의 진한 향기 탓인지도 모른다. 그 향기는 마치 미묘한 날벌레처럼 나의 어둠 속으로 파고들어와 내 세포를 늘였다 줄였다 하고 있었다.

"그 꿈을 꾸는 시간은 늘 대체로 정해져 있어. 새벽 네시나 다섯시—해가 뜨기 직전이야. 땀에 흠뻑 젖어서 벌떡 일어나면 아직 주위는 어둑해. 그렇다고 완전한 암흑은 아냐. 그런 시간이야. 물론 어떤 꿈이나 완전히 똑같은 건 아니지. 세세한 부분은 그때마다 하나하나 달라. 상황도 다르고, 역할도 달라. 하지만 기본적인 패턴은 같아. 등장인물도 같고, 결말도 같아. 저예산 시리즈물 영화처럼."

"나도 가끔 기분 나쁜 꿈을 꿔요." 여자가 말하며 라이터로 담뱃불을 붙였다. 라이터의 돌을 돌리는 소리가 들리고 담배 연기 냄새가 났다. 그리고 손바닥으로 뭔가를 가볍게 두세 번 터는 소리가 들렸다.

"오늘 아침 꿈에는 유리로 된 빌딩이 나왔어." 여자의 말에 아랑곳하지 않고 나는 얘기를 계속했다. "아주 커다란 빌딩이었어. 신주쿠 서쪽 출구에 있는 빌딩처럼 벽이 전부 유리로 되어 있었어. 꿈속에서 길을 걷다가 나는 우연히 그 빌딩을 발견했지. 그렇지만 그건 완성된 빌딩이 아니었어. 대충 다 되었는데 내부는 아직 공사중이더라고. 유리벽 안에서 사람들이 분주하게 일하고 있어. 빌딩 내부는 칸막이만 있을 뿐 아직 대부분 텅 비었고."

여자는 틈새로 불어드는 바람 같은 소리를 내며 연기를 뿜어냈고, 그러고는 헛기침을 했다. "내가 뭔가 질문을 해야겠죠?"

"딱히 억지로 질문할 건 없어. 가만히 들어주면 그걸로 충분해." 나는 말했다.

"좋아요." 여자는 말했다.

"난 한가했기 때문에 그 큰 유리 앞에 멈춰 서서 안에서 하는 작업을 구경하기로 했지. 내가 들여다보고 있는 방 안에는 헬멧을 쓴 인부가 세련된 장식용 벽돌을 쌓고 있었어. 인부는 줄곧 뒤돌아선 채 작업하고 있었기 때문에 얼굴은 보이지 않았지만 체격이나 옷차림으로 젊은 남자란 걸 알 수 있었지. 마르고 키가 켰어. 그곳에는 그 남자 한 명뿐이었어. 그 밖에는 아무도 없더라고.

꿈속에서는 공기가 이상하게 흐렸어. 마치 어디 불난 곳에서 연기가 날려오기라도 하는 것처럼 말이야. 부옇고 탁했어. 그래서 멀리까지 잘 보이지 않았지. 하지만 시선을 계속 집중시키고 있으니 공기가 조금씩 투명해지더군. 정말 투명해졌는지 아니면 그 불투명함이 눈에 익은 건지는 잘 모르겠지만. 어쨌든 그 덕분에 나는 방 구석구석을 아까보다 또렷이 볼 수 있었어. 젊은 남자는 마치 로봇처럼 완전히 똑같은 동작으로 벽돌을 하나하나 쌓고 있었어. 꽤 넓은 방이었지만, 남자가 상당히 민첩하고 요령 있게 벽돌을 쌓아서 한두 시간이면 작업이 끝날 것 같았어."

나는 그쯤에서 잠시 쉬고 눈을 떠 베갯머리에 놓인 유리잔에 맥주를 따라 마셨다. 여자는 내 얘기를 진지하게 듣고 있다는 걸 나타내기 위해 말끄러미 내 눈을 보고 있었다.

"남자가 쌓고 있는 벽돌 뒤에는 원래의 빌딩 벽이 있었어. 예의 흔해빠진 콘크리트 벽 말이야. 요컨대 남자는 그 원래의 벽 앞에 새롭게 장식적인 벽을 만들고 있는 거였지. 내가 하고 싶어 하는 말, 알겠어?"

"알겠어요. 이중으로 벽을 만든다는 거죠?"

"맞아." 나는 말했다. "이중으로 벽을 만드는 거였어. 자세히 보니 그 원래의 벽과 새로운 벽 사이에는 40센티미터 정도의 공간이 떠 있더라고. 어째서 그런 공간을 일부러 비워둬야 하는지 이해가 안 가는 거야. 그러면 방이 훨씬 좁아지잖아. 그래서 나는 이상하다 싶어서 더욱 눈을 부릅뜨고 그 작업을 지켜보았어. 그랬더니 그 안에 점점 사람의 그림자 같은 것이 보이기 시작하는 거야. 마치 현상액에 담근 사진에 사람의 형상이 떠오르는 것처럼. 그 그림자는 새 벽과 낡은 벽 사이에 끼여 있었던 거야."

나는 말을 이었다. "그건 쌍둥이였어. 쌍둥이 여자아이들이었지. 열아홉인가 스물인가 아니 스물하나인가. 그 정도였을 거야. 두 사람은 내 옷을 입고 있었어. 한 사람은 트위드 재킷을 입고 한 사람은 감색 겨울 파카를 입었는데 둘 다 내 옷이야. 그녀들은 그 40센티미터 정도의 틈에 부자유스러운 자세로 갇혀 있었지만, 자신들이 벽 속에 매장되는 걸 전혀 모르는지 평소처럼 둘이서 재잘재잘 수다를 떨고 있었어. 인부도 자신이 그 쌍둥이를 가두고 있다는 걸 모르는 듯했어. 그저 묵묵히 벽돌만 쌓고 있더라고. 그걸 알아챈 건 나뿐인 것 같아."

"어째서 그 인부가 쌍둥이의 존재를 눈치채지 못했다고 생각해요?" 여자가 질문했다.

"그냥 아는 거야." 나는 말했다. "꿈속에서는 여러 가지 사실을 그냥 알게 돼. 그래서 나는 어떡하든 그 작업을 중단시켜야

한다고 생각했어. 두 주먹으로 유리벽을 힘껏 쿵쿵 두드렸지. 팔이 저려오도록 세게 두드렸어. 그렇지만 아무리 세게 두드려도 전혀 소리가 안 나는 거야. 어째서인지는 모르겠지만 소리가 죽어버렸더라고. 그래서 인부는 내 존재를 인식하지 못했어. 그는 같은 속도로 하나 또 하나 기계적으로 벽돌을 쌓아갔어. 왼손으로 이음매를 메우고 오른손으로 그 위에 벽돌을 쌓고. 벽돌은 쌍둥이의 무릎께까지 높아졌어.

그래서 나는 유리벽 두드리기를 포기하고, 빌딩 안으로 들어가 그 작업을 말리려고 했어. 그런데 입구가 보이지 않는 거야. 그렇게 큰 빌딩인데 입구가 하나도 없었어. 나는 힘껏 달려서 몇 번이나 그 빌딩 주변을 돌아봤지. 그렇지만 결과는 마찬가지였어. 거기에는 역시 입구란 것이 없더라고. 마치 거대한 어항처럼."

나는 또 맥주를 한 모금 마시며 목을 축였다. 여자는 아직 내 눈을 지그시 바라보고 있었다. 그녀가 몸의 방향을 바꿔 내 팔에 유방이 눌리는 자세가 되었다.

"그래서 어떻게 했어요?" 여자는 물었다.

"어떻게도 할 수 없었지." 나는 말했다.

"정말로 어떻게도 할 수가 없었어. 아무리 찾아도 입구는 없고, 소리는 죽어 있으니까. 나는 그저 유리에 양손을 대고 뚫어지게 안을 들여다보는 것밖에 할 수 없었어. 벽은 점점 높아져갔어. 쌍둥이의 허리까지 올라가고, 가슴까지 올라가고, 목까지 올라가다 결국은 전부 덮어버리고 천장까지 올라갔어. 눈 깜짝할 사이 일어난 일이었지. 난 아무것도 할 수 없었어. 인부는 마지막 한 개의 벽돌을 찔러넣더니 짐을 싸서 어디론가 사라져버렸어. 그다음에는 나와 유리벽만 덩그렇게 남은 거야. 난 정말 아무것도 할 수 없었어."

여자는 손을 뻗어 내 머리카락을 어루만져주었다.

"언제나 똑같아." 나는 마치 변명이라도 하듯이 말했다. "세부는 다르고, 설정도 다르고, 역할도 다르고—하지만 결말은 언제나 마찬가지야. 그곳에는 유리벽이 있고, 나는 아무에게도 뭔가를 전할 수가 없어. 언제나 똑같아. 눈을 뜨면 내 손바닥에는 늘 서늘한 유리의 감촉이 남아 있어. 몇 날 며칠이 지나도 여전히 손바닥에 남아 있어."

그녀는 내 얘기가 끝난 후에도 줄곧 손가락으로 내 머리카락을 어루만졌다.

"분명 피곤해서 그래요." 그녀는 말했다. "나도 그렇거든요. 피곤할 때면 늘 기분 나쁜 꿈을 꿔요. 그렇지만 진짜 일상과는 관계없는 일이잖아요. 그저 몸이나 머리가 지친 것뿐이니까요."

나는 수긍했다.

그러고는 여자가 내 손을 잡아 자기 음부에 갖다 댔다. 그녀의 질은 따뜻하고 축축했지만, 그것도 내 마음을 풀어주진 못했다. 그저 아주 조금 이상한 기분이 들 뿐이다.

그리고 나는 그녀에게 꿈 얘기를 들어줘서 고맙다고 인사하며 약간의 돈을 건넸다.

"얘기 들어주는 건 무료로 괜찮아요."

"주고 싶어." 나는 말했다.

그녀는 고개를 끄덕이며 돈을 받아 검은색 가방에 찔러넣고는, 찰칵 기분좋은 금속소리를 내며 닫았다. 마치 내 꿈이 통째로 그곳에 이끌려들어간 것 같았다.

여자는 침대에서 나와 속옷을 입고 스타킹을 신고, 스커트와 블라우스와 스웨터를 입고 거울 앞에 서서 머리를 빗었다. 거울 앞에 서서 머리를 빗는 여자는 누구나 똑같아 보인다.

나는 알몸으로 침대 위에서 몸을 일으켜 여자의 뒷모습을 멍하니 바라보았다.

"내가 생각하기에 그런 건 분명 그냥 단순한 꿈이에요." 여자는 나가면서 말했다. 그리고 문손잡이에 손을 댄 채 잠시 생각했다.

"당신이 신경쓸 만큼의 의미 같은 건 별로 없지 않을까요?"

내가 고개를 끄덕이자 그녀는 밖으로 나갔다. 그리고 찰칵하고 문 닫히는 소리가 났다. 여자의 모습이 사라진 뒤에도 나는 침대 위에 벌렁 드러누워 한참 동안 천장을 바라보았다. 어디에나 있는 싸구려 호텔의 어디에나 있는 싸구려 천장이었다.

창에 드리운 커튼 사이로 우울한 색감의 가로등이 보였다. 때때로 세찬 바람에 실려온 11월의 얼어붙은 빗방울이 유리창을 사정없이 때렸다. 나는 손을 뻗어 베개맡에 둔 손목시계를 집으려 했지만 결국 귀찮아서 그만두었다. 지금이 몇시건 별로 문제가 아니고, 생각해보니 나는 우산도 없다.

나는 천장을 보면서 바다에 가라앉아버린 고대 전설의 대륙을 생각했다. 어째서 그런 생각이 떠올랐는지 잘 모르겠다. 아마 11월의 차가운 비가 내리는 밤에 우산이 없는 탓일 것이다. 아니면 새벽녘에 꾼 꿈의 서늘함이 남아 있는 손으로 이름도 모르는 여자의 몸을—어떤 몸이었는지 생각나지 않지만—안은 탓일 것이다. 그래서 나는 먼 옛날 해저로 침몰한 대륙을 떠올린 건지도 모른다. 빛은 엷게 스미고, 소리는 우물거리고, 공기는 무겁고 습했다.

그것을 상실한 지 대체 몇 년이 지났을까?

하지만 나는 그것을 상실한 해를 기억할 수 없었다. 그것은 어쩌면 쌍둥이가 내 곁을 떠나기 훨씬 전에 이미 상실한 것이다. 쌍둥이는 내게 그것을 일깨워주었을 뿐이다. 상실한 뭔가에 대해 우리가 확신할 수 있는 건, 그것을 상실한 날짜가 아니라 상실했다는 사실을 우리가 깨달은 날짜뿐이다.

뭐 좋다. 거기서부터 시작하자.

삼 년이다.

삼 년이라는 세월이 나를 이 11월의 비 오는 밤으로 데려다주었다.

그러나 어쩌면 나는 이 새로운 세계에도 조금씩 익숙해져갈 것이다. 시간은 걸릴지 모르겠지만, 차츰 뼈와 살을 이 무겁고 습한 우주의 단층 속에 파고들게 할 것이다. 결국 사람은 어떤 상황에든 스스로를 동화시킨다. 아무리 선명한 꿈도 결국은 선명하지 못한 현실 속으로 소멸해가는 것이다. 그리고 언젠가 그런 꿈을 꾸었다는 것조차 나는 떠올리지 못하게 될 것이다.

나는 베개맡의 불을 끄고 눈을 감은 채 침대 위에서 천천히 몸을 폈다. 그리고 꿈이 없는 잠 속으로 의식이 침몰해갔다. 비가 창을 두드리고, 어두운 해류가 잊혀진 산맥을 들추어냈다.

로마제국의 붕괴 · 1881년의 인디언 봉기 ·
히틀러의 폴란드 침입 · 그리고 강풍세계

1. 로마제국의 붕괴

바람이 불기 시작한 사실을 알아차린 것은 일요일 오후의 일이었다. 정확하게 말하면 오후 두시 칠분이다.

그때 나는 평소처럼—즉, 다른 일요일 오후에 그랬던 것처럼—주방 식탁에 앉아 방해되지 않는 음악을 들으면서 일주일분의 일기를 쓰고 있었다. 날마다 일어난 일들을 간단히 메모해두었다가 일요일에 그것을 제대로 된 문장으로 정리하는 것이 나의 오랜 습관이다.

화요일까지 사흘치 일기를 썼을 때쯤 창밖에서 세찬 바람이 윙윙거리며 휘몰아치는 소리를 들었다. 나는 일기 쓰기를 중단하고 펜 뚜껑을 닫은 후, 베란다로 나가 빨래를 걷었다. 빨래는 마치 떨어져나가려는 혜성의 꼬리처럼 파닥파닥 메마른 소리를 내며 허공에서 춤추고 있었다.

바람은 내가 의식하지 못한 사이 조금씩 기세를 더해간 것 같다. 왜냐하면 아침에—정확히 말하면 오전 열시 십팔분—빨래를 베란다에 널 때는 바람 같은 건 기미도 없었기 때문이다. 그 사실에 대해서라면 용광로 뚜껑만큼이나 튼튼하고도 확실한 기억을 가지고 있다. 그때 나는 '이렇게 바람이 없는 날에는 빨래를 집게로 집어놓을 필요도 없겠군' 하는 생각을 문득 했기 때문이다.

바람 같은 것은 정말 한 자락도 불지 않았다.

나는 숙달된 솜씨로 빨래를 걷어서 갠 뒤, 아파트 창을 전부 꼭꼭 닫았다. 창을 전부 닫자 바람 소리는 거의 들리지 않았다. 창밖에는 소리 없는 수목들이—히말라야삼나무와 밤나무—마치 가려움을 견디지 못하는 개처럼 몸을 비비 틀고 있고, 구름 한 조각이 눈매가 못된 밀사처럼 서둘러 하늘을 빠져나가고 있었다. 건너편 아파트 베란다에서는 몇 장의 셔츠가 남겨진 고아처럼 빨랫줄에 둘둘 감긴 채 달라붙어 있었다.

그야말로 폭풍이군, 하고 나는 생각했다.

그러나 신문을 펼쳐서 기상도를 들여다봐도, 아무데도 태풍 기호 같은 건 없다. 비가 올 확률은 완전히 제로 퍼센트였다. 기상도를 보는 한 그것은 전성기의 로마제국처럼 평화로운 일요일이었다.

나는 30퍼센트 정도의 가벼운 한숨을 쉬며 신문을 접은 뒤, 빨래를 서랍장에 정리해서 넣고, 방해가 되지 않는 음악을 계속 들으면서 커피를 내리고, 커피를 마시면서 나머지 일기를 계속 썼다.

목요일에 나는 여자친구와 잤다. 그녀는 눈가리개를 하고 섹스하는 걸 아주 좋아했다. 그래서 그녀는 언제나 비행기의 오버나이트 백에 들어 있는 천으로 된 눈가리개를 가지고 다닌다.

내가 특별히 그런 취향인 것은 아니지만, 눈가리개를 한 그녀가 몹시 귀여웠기 때문에 거기에 대해 아무런 이의가 없었다. 어차피 인간은 모두 어딘가 조금씩 다르게 마련이다.

목요일 페이지에는 대충 그런 내용을 적었다. 80퍼센트의 사실과 20퍼센트의 성찰이 내 일기 쓰기의 방침이었다.

금요일에는 긴자의 서점에서 옛 친구를 만났다. 그는 아주 요상한 무늬의 넥타이를 하고 있었다. 스트라이프 바탕에 무수한 전화번호가—

이 시점에서 전화벨이 울렸다.

2. 1881년의 인디언 봉기

전화벨이 울렸을 때, 시계는 두시 삼십육분을 가리키고 있었다. 아마 그녀일 거라고—그러니까 눈가리개를 좋아하는 나의 여자친구일 거라고—생각했다. 왜냐하면 그녀는 일요일에 놀러 오기로 되어 있었고, 우리집에 올 때는 언제나 미리 전화하는 것이 습관이었기 때문이다. 그녀는 저녁거리를 사올 것이다. 그날 우리는 굴 전골을 해먹기로 합의를 봤다.

어쨌든 전화벨이 울린 것은 오후 두시 삼십육분이었다. 알람 시계가 전화 옆에 있고, 나는 전화벨이 울릴 때마다 시계를 보기 때문에 그 점에 대해서도 내 기억은 완벽하다.

그런데 내가 수화기를 들었을 때, 그곳에서 들려오는 것은 지독한 바람 소리뿐이었다.

'휘이이이이이이잉' 하는 바람 소리만이 1881년에 일어난 인디언의 봉기처럼 일제히 수화기 속에서 날뛰고 있었다. 그들은 개척 오두막을 태우고, 통신선을 자르고, 캔디스 버겐을 범하고 있었다.

"여보세요" 하고 말해보았지만 나의 목소리는 압도적인 역사의 거센 파도 속으로 덧없이 빨려들어갔다.

"여보세요."

다시 큰 소리로 외쳐보았지만 결과는 마찬가지였다.

한동안 가만히 귀를 기울이고 있으니 아주 짧은 순간 바람이 쉬는 틈을 타 여자의 목소리 같은 게 언뜻 들려오는 것 같았지만, 그것도 어쩌면 내 착각인지 모른다. 어쨌든 바람의 기세가 너무 격렬했다. 그리고 아마 버펄로의 수가 너무 줄었나보다.

나는 한참 동안 아무 말도 하지 않은 채 수화기를 귀에 가만히 대고 있었다. 귀가 수화기에 달라붙어 떨어지지 않는 게 아닐까 싶을 만큼 꼭 붙이고 있었다. 그러나 십오 초 내지 이십 초쯤 그런 상태가 계속되더니, 마치 발작이 한껏 고조된 시점에서 생명의 실이 뚝 끊어지듯이 전화가 끊겼다. 그다음부터는 지나치게 표백된 속옷처럼 온기가 없는 썰렁한 침묵만 남았다.

3. 히틀러의 폴란드 침입

빌어먹을, 나는 또 한숨을 쉬었다. 그리고 일기를 계속 썼다. 서둘러 마치는 편이 좋을 듯했다.

토요일에는 히틀러의 기갑사단이 폴란드를 침입중이었다. 급강하하는 폭격기가 바르샤바 거리에—

아니, 틀렸다. 그렇지 않다. 히틀러의 폴란드 침입은 1939년 9월 1일의 사건이다. 어제의 일이 아니다. 어제 나는 저녁식사

후 영화관에 가서 메릴 스트립의 〈소피의 선택〉을 보았다. 히틀러가 폴란드에 침입한 것은 그 영화 속의 사건이다.

메릴 스트립은 영화 속에서 더스틴 호프만과 이혼하지만, 통근 열차 안에서 중년의 토목기사로 분한 로버트 드니로와 만나 재혼하게 된다. 꽤 재미있는 영화였다.

내 옆자리에는 고등학생 커플이 있었는데 서로의 배 부분을 내내 만지고 있었다. 고등학생의 배여서 그리 나쁘진 않다. 나도 옛날에는 고등학생의 배를 가지고 있었다.

4. 그리고 강풍세계

지난주 일기를 전부 쓰고 난 뒤, 나는 레코드 선반 앞에 앉아서 강풍이 미친듯이 부는 일요일 오후에 들음직한 음악을 골라보았다. 결국 쇼스타코비치의 첼로 콘체르토와 슬라이 앤드 더 패밀리 스톤의 레코드가 강풍에 어울릴 것 같아, 나는 그 두 장의 판을 연속해서 들었다.

한 번씩 여러 가지 물체가 창밖을 날아갔다. 하얀 시트가 풀뿌리를 삶는 마술사처럼 동쪽에서 서쪽으로 날아갔다. 휘청거리는 얇고 긴 함석 간판은 항문성교 애호자처럼 그 약한 척추를 젖히고 있었다.

내가 쇼스타코비치의 첼로 콘체르토를 들으면서 그런 창밖 풍경을 바라보고 있을 때 다시 전화벨이 울렸다. 전화 옆의 알람 시계는 세시 사십팔분을 가리키고 있었다.

나는 또 그 보잉 747 제트엔진 같은 바람 소리를 예상하며 수화기를 들었지만 이번에는 바람 소리가 들리지 않았다.

"여보세요." 여자가 말했다.

"여보세요." 나도 말했다.

"지금 굴 전골 재료 가지고 그쪽으로 갈 건데 괜찮지?" 내 여자친구가 말했다. 그녀는 굴 전골 재료와 눈가리개를 가지고 우리집으로 오고 있다.

"괜찮지, 그런데—"

"전골냄비 있어?"

"있어." 나는 말했다. "그런데 어쩐 일이지? 바람 소리가 들리지 않네."

"아, 바람은 이제 그쳤어. 나카노에서 세시 이십오분에 그쳤으니까 이제 그쪽도 슬슬 그치지 않을까?"

"그럴지도 모르지." 나는 전화를 끊고, 주방 윗찬장에서 전골냄비를 꺼내 씻어놓았다.

바람은 그녀가 예고한 대로 네시 오분 전에 뚝 그쳤다. 나는 창을 열고 바깥 풍경을 내다보았다. 창 아래에는 커다란 검둥개가 킁킁거리며 땅 냄새를 맡고 돌아다녔다. 개는 십오 분에서 이십 분가량 지치지도 않고 그러기를 계속했다. 개가 왜 그래야만 하는지 이해할 수가 없었다.

그러나 그것 말고는 세상의 모습과 그 시스템은 바람이 불기 전과 별반 달라지지 않았다. 히말라야삼나무와 밤나무는 아무 일도 없었다는 듯이 태연하게 공터에 서 있었고, 빨래는 빨랫줄에 축 늘어져 있었으며, 까마귀는 전봇대 꼭대기에 앉아 신용카드처럼 반들반들한 날개를 파닥거리고 있었다.

그러는 동안 여자친구가 와서 굴 전골을 만들기 시작했다. 그녀는 주방에서 굴을 씻고 숭덩숭덩 배추를 썰고, 두부를 가지런히 늘어놓고 육수를 만들었다.

나는 그녀에게 두시 삼십육분에 집으로 전화하지 않았느냐고 물어보았다.

"했어." 그녀는 소쿠리에다 쌀을 씻으면서 대답했다.

"아무것도 못 들었어." 나는 말했다.

"맞아, 그럴 거야. 바람이 대단했거든." 그녀는 별일 아니라는 듯이 말했다.

나는 냉장고에서 맥주를 꺼내 테이블 끝에 걸터앉아 마셨다.

"그런데 어째서 갑자기 그렇게 거센 바람이 불었다가, 또 언제 그랬느냐는 듯이 뚝 그치는 걸까?" 나는 그녀에게 물어보았다.

"글쎄. 모르겠는걸." 그녀는 내게 등을 돌린 채 손톱 끝으로 새우 껍질을 벗기면서 말했다. "바람에 대해서는 우리가 모르는 게 너무 많아. 고대 역사며 암이며 해저며 우주며 섹스에 관해서 우리가 모르는 게 엄청나듯이 말이야."

"흐음." 나는 말했다. 그런 건 전혀 대답이 되지 않는다. 그러나 그 문제에 관해 그녀와 얘기를 나눠봐야 그 이상의 발전을 기대할 수 없을 것 같아, 나는 포기하고 굴 전골이 완성되는 과정을 묵묵히 지켜보았다.

"저기, 근데 배 좀 만져봐도 돼?" 나는 그녀에게 물었다.

"나중에." 그녀는 말했다.

굴 전골이 다 될 때까지 나는 다음주 일기 쓸 때를 대비해 오늘 하루 일어난 일을 간단히 메모해두었다.

① 로마제국의 붕괴

② 1881년의 인디언 봉기

③ 히틀러의 폴란드 침입

이런 식의 메모다.

이렇게 해두면 다음주가 되어도 오늘 무슨 일이 일어났는지 분명 정확하게 떠올릴 수 있다. 이런 주도면밀한 시스템을 취하고 있기 때문에, 나는 이십이 년간 하루도 거르지 않고 일기를 계속 써올 수 있었다. 모든 의미 있는 행위는 그 나름의 독자적인 시스템을 가지고 있다. 바람이 불든 불지 않든 나는 이런 식으로 살고 있다.

태엽 감는 새와 화요일의 여자들

그녀에게서 전화가 걸려왔을 때, 나는 주방에 서서 스파게티 면을 삶고 있던 참이었다. 면이 완전히 삶아지기 직전, 나는 FM 라디오에서 흘러나오는 로시니의 〈도둑 까치〉 서곡을 휘파람으로 따라 부르고 있었다. 스파게티 면을 삶는 데 거의 최적의 음악이었다.

전화벨이 울렸을 때 무시하고 그냥 스파게티 면이나 삶을까도 생각했다. 면은 거의 다 익었고, 클라우디오 아바도가 런던 교향악단을 그 음악적 절정으로 끌어올리려는 순간이었다. 그러나 결국 나는 가스불을 낮추고는 긴 젓가락을 오른손에 들고 거실로 가서 수화기를 들었다. 새로운 일거리 문제로 친구가 전화를 걸었을지도 모른다는 생각이 문득 들었기 때문이다.

"십 분만 얘기하고 싶어요." 여자가 당돌하게 말했다.

"실례지만…… 뭐라고 하셨습니까?" 나는 깜짝 놀라서 되물었다.

"십 분만 얘기하고 싶다고 했어요." 여자는 되풀이했다.

한 번도 들은 기억이 없는 여자의 목소리였다. 나는 사람의 음색을 기억하는 데 거의 절대적이라 할 정도로 자신이 있었기 때문에 그것은 틀림없었다. 내가 모르는 여자의 목소리였다. 낮고 부드러우면서도 별 특징 없는 목소리다.

"실례지만 어디에 거셨습니까?" 나는 끝까지 예의바르게 물었다.

"그런 건 관계없어요. 어쨌든 십 분만 얘기하고 싶어요. 그러면 서로 더 잘 이해할 수 있을 거라 생각해요." 여자는 빠른 어조로 말했다.

"서로 이해한다고요?"

"마음을요." 여자는 간결하게 대답했다.

나는 열어놓은 문 사이로 머리를 내밀고 주방 쪽을 들여다보았다. 스파게티 냄비에서는 기분좋게 하얀 김이 오르고, 아바도는 〈도둑 까치〉의 지휘를 계속하고 있었다.

"미안하지만 지금 스파게티 면을 삶는 중입니다. 이제 곧 다 익을 것이기 때문에 당신과 십 분이나 얘기하면 스파게티를 망치게 돼요. 끊어도 되겠습니까?"

"스파게티요?" 여자는 어이없다는 듯이 말했다. "지금은 아침 열시 반이에요. 어째서 아침 열시 반에 스파게티 같은 걸 삶고 있죠? 이상하지 않아요?"

"이상하거나 말거나 당신하고는 관계없잖아요." 내가 말했다. "아침밥을 제대로 안 먹어 지금 배가 고파진 겁니다. 내가 직접 만들어 먹는데, 몇시에 뭘 먹든 그건 내 맘 아니겠어요?"

"네네, 좋아요, 그건. 그럼, 끊을게요." 여자는 기름을 부은 듯 미끈한 목소리로 말했다. 신기한 목소리다. 약간의 감정 변화로, 마치 스위치로 주파수를 바꾸듯 목소리 톤이 완전히 바뀐다. "이따가 다시 한번 걸게요."

"잠깐만요." 나는 다급히 말했다. "만약 이게 무슨 세일즈 수법이라면 아무리 전화해도 소용없어요. 난 지금 백수여서 뭔가를 살 형편이 안 되니까."

"그런 거 알고 있으니까 괜찮아요." 여자가 말했다.

"알고 있다고요? 안다니 대체 뭘요?"

"그러니까 당신이 백수라는 거요. 알고 있다고요. 그런 거. 그러니까 빨리 스파게티나 만들어 드시죠?"

"이봐요, 당신은 대체……" 내가 말을 하려는데 전화가 뚝 끊겼다. 그 과정이 너무나도 갑작스러웠다. 수화기를 놓은 것이 아니라 손가락으로 버튼을 누른 것이다.

나는 감정을 추스르지 못한 채 손에 든 수화기를 잠시 멍하니 바라보다가 얼마 안 있어 스파게티를 떠올리고는 수화기를 내려놓고 주방으로 갔다. 그리고 가스불을 끄고 스파게티 면을 망에 받친 뒤 작은 냄비에다 데워둔 토마토소스를 끼얹어 먹었다. 스파게티는 영문을 알 수 없는 전화 탓에 약간 붇긴 했지만 못 먹을 정도는 아니었고, 게다가 스파게티 면의 삶은 정도에 연연하기에 나는 너무나도 배가 고팠다. 나는 라디오에서 나오는 음악을 들으면서 250그램의 면을 한 가닥도 남기지 않고 천천히 위 속으로 집어넣었다.

접시와 냄비를 싱크대에서 씻고, 그사이 물을 끓여서 홍차 티백을 우려냈다. 그리고 홍차를 마시면서 좀 전의 전화에 대해 곰곰이 생각해보았다.

서로 이해한다고?

대체 그 여자는 무엇 때문에 내게 전화를 했을까? 그리고 그 여자는 대체 누구일까?

모든 것이 수수께끼에 싸여 있었다. 낯선 여자에게서 익명의 전화가 걸려올 만한 기억도 없고, 그녀가 무슨 말을 하려 했는지도 전혀 짐작이 가지 않았다.

어쨌든—나는 생각했다—어디 사는 누군지도 모르는 여자와 서로 마음을 이해하고 싶지 않다. 그런 짓을 해봐야 아무런 득이 되지 않는다. 지금 내게 가장 필요한 것은 새로운 일을 찾는 것이다. 그리고 나 나름의 새로운 생활 사이클을 확립하는 것이다.

그러면서도 거실 소파로 돌아와 도서관에서 빌린 렌 데이튼의 소설을 읽으면서 전화기를 힐끔거렸다. 그러자 그 여자가 말한 '십 분만 얘기하면 서로 이해할 수 있는 것'이 대체 무엇인지 점점 더 궁금해지기 시작했다. 십 분으로 무엇을 서로 이해할 수 있을까?

생각해보니 여자는 처음부터 십 분이라는 시간을 확실히 정해놓고 있었다. 그리고 그 한정된 시간을 정한 데 상당한 확신을 가지고 있는 듯 느껴졌다. 구 분은 너무 짧고 십일 분은 너무 길지 모른다. 마치 스파게티의 알덴테*처럼……

그런 생각을 하며 멍하니 있다보니 소설 줄거리가 통 머리에 들어오지 않아서, 나는 하는 수 없이 가벼운 체조를 한 뒤 와이셔츠를 다렸다. 머릿속이 혼란스러우면 곧잘 와이셔츠를 다린다. 오래전부터 쭉 그래왔다.

내가 와이셔츠를 다리는 공정은 전부 열두 단계로 나뉜다. ① 옷깃(겉)에서 시작해서 ⑫ 왼쪽 소매 커프스로 끝난다. 그 순서

---

* 파스타류를 삶을 때, 약간 단단한 듯이 삶아져서 씹히는 맛.

가 흐트러지는 일은 거의 없다. 나는 하나하나의 번호를 붙여놓고 순서대로 다려나간다. 그렇게 하지 않으면 다림질이 잘되지 않는다.

나는 스팀다리미의 증기음과 천이 뜨거워지는 독특한 냄새를 즐기면서 와이셔츠 석 장을 다리고, 주름이 없는 것을 확인한 뒤 옷걸이에 걸어 옷장에 넣었다. 다리미를 끄고 다리미대와 함께 벽장에 넣고 나자 그제야 어느 정도 머리가 개운해졌다.

목이 말라 주방으로 가려는 찰나 또 전화벨이 울렸다. 제기랄, 나는 생각했다. 그대로 주방으로 갈까 거실로 돌아갈까 조금 망설이다가 역시 거실로 되돌아가 전화를 받기로 했다. 그 여자가 다시 건 거라면 지금 다림질중이라고 말하고 끊어버릴 생각이었다.

그러나 전화를 건 사람은 아내였다. 텔레비전 위에 놓인 시계를 보니 바늘이 열한시 반을 가리키고 있었다.

"잘 있었어?" 그녀는 말했다.

"잘 있었어." 나는 한숨 돌리고 말했다.

"뭐했어?"

"다림질했어."

"무슨 일 있었어?" 아내가 물었다. 아내의 목소리에서 미묘한 긴장감이 묻어났다. 내가 혼란스러울 때면 다림질을 한다는 것을 그녀는 알고 있었다.

"아무 일도 없어. 그냥 셔츠를 다린 것뿐이야. 별일 아냐." 나는 의자에 앉아 왼손에 들고 있던 수화기를 오른손으로 바꿔 들었다. "근데, 왜?"

"응. 일 얘기야. 작은 일거리가 하나 생길 것 같은데."

"그래?"

"당신, 시 쓸 수 있어?"

"시?" 나는 깜짝 놀라서 되물었다. 시? 시라니 무슨 소리야, 대체?

"아는 사람 잡지사에서 젊은 여성 취향의 문예지를 내는데, 그곳에 투고한 시들을 선별하고 다듬어줄 사람을 찾는대. 그리고 코너 대문용 시를 매달 한 편씩만 쓰면 된대. 간단한 일인데 비해 보수는 나쁘지 않아. 물론 아르바이트 수준이지만, 그 일이 순조로우면 편집 일을 하게 될지도 모르고……"

"간단?" 내가 말했다. "이봐, 내가 찾는 건 법률사무소 일이야. 어디서 시 첨삭 어쩌고 하는 이야기가 튀어나오는 거야?"

"하지만 당신 고등학교 시절에 뭔가 글을 썼다고 그랬잖아."

"신문이야. 고교신문. 축구대회에서 몇 반이 우승했다거나 물리 선생이 계단에서 굴러 입원했다는 등의 쓸데없는 기사를 썼을 뿐이라고. 시가 아냐. 시 같은 건 못 써."

"그렇지만 시라고 해도 여고생들이 읽는 거야. 별거 아냐. 앨런 긴즈버그 같은 시를 쓰라는 것도 아니고, 적당히 하면 돼."

"적당히든 아니든 시 같은 건 절대로 못 써." 나는 딱 잘라 말했다. 쓸 수 있을 리가 없다.

"흐음." 아내는 유감스러워하며 말했다. "그런데 법률사무소 일도 마땅히 없잖아."

"지금 몇 군데 얘기가 오가고 있어. 이번주 중에 결정이 날 거야. 그 일이 안 되면 그때 또 생각하면 돼."

"그래? 뭐, 그럼 됐어. 그건 그렇고 오늘 무슨 요일이지?"

"화요일." 나는 잠시 생각한 뒤 말했다.

"그럼 은행에 가서 가스요금하고 전화요금 좀 내주지 않을래?"

"알았어. 슬슬 저녁 찬거리나 사러 나갈 참이었으니, 가는 길에 들르지."

"저녁은 뭘로 할 거야?"

"글쎄, 모르겠어." 나는 말했다. "아직 정하진 않았어. 슈퍼에 가보고 생각할래."

"저기." 새삼스러운 어조로 아내가 말했다. "나, 생각해봤는데, 당신 딱히 취직 안 해도 되지 않을까?"

"어째서?" 나는 또 깜짝 놀라며 물었다. 모든 세상 여자가 나를 깜짝 놀래주려고 전화를 거는 것 같다. "어째서 일을 찾지 않아도 된다는 거야? 앞으로 삼 개월이면 실업급여도 끊기는데. 마냥 빈둥거릴 수는 없잖아."

"내 월급도 올랐고, 부업 쪽도 순조롭고, 저금해놓은 돈도 꽤 있고, 사치스럽게만 살지 않는다면 충분히 먹고살 수 있잖아?"

"그러니 나더러 가사를 맡으라고?"

"싫어?"

"모르겠어." 나는 솔직히 말했다. 모르겠다. "생각해볼게."

"생각해봐." 아내는 말했다. "그런데 고양이는 돌아왔어?"

"고양이?" 되묻고서야 나는 내가 아침부터 고양이에 대해서 까맣게 잊고 있었다는 것을 깨달았다.

"아니, 돌아오지 않은 것 같은데."

"근처에 좀 찾아봐주지 않겠어? 없어진 지 벌써 나흘째야."

나는 건성으로 대답하며 수화기를 또 왼손으로 바꿔 들었다.

"아마 '골목' 안의 빈집 정원에 있지 않을까 싶어. 새의 석상이 있는 정원 말이야. 거기서 몇 번 본 적 있는데. 거기 알아?"

"몰라." 나는 말했다. "근데 언제 혼자서 '골목' 같은 데 간 거야? 그런 얘기 지금까지 한 번도—"

"저기, 미안한데 전화 끊을게. 이제 일해야 되거든. 고양이, 부탁해."

그리고 전화가 끊겼다.

나는 또 한참 동안 수화기를 바라보다가 내려놓았다.

어떻게 아내가 '골목'에 대해서 아는 거지, 나는 신기했다. '골목'에 들어가려면 정원에서 상당히 높은 벽돌담을 넘어야 하는데, 게다가 그렇게까지 해서 굳이 '골목'에 들어갈 이유는 없는데.

주방으로 가서 물을 마시고 FM 라디오를 켜놓고 손톱을 깎았다. 라디오에서는 로버트 플랜트의 신보 LP특집을 하고 있었지만, 두 곡쯤 듣자 귀가 아파서 스위치를 껐다. 그리고 툇마루에 나가 고양이의 밥그릇을 살펴보았다. 접시 안의 멸치는 어젯밤 내가 수북하게 담아놓은 것에서 한 마리도 줄지 않았다. 역시 고양이는 돌아오지 않았다.

나는 툇마루에 서서, 밝은 초여름 햇살이 비치는 우리집의 좁은 뜰을 바라보았다. 바라본다고 마음이 평화로워지는 뜰은 아니다. 하루 중 볕이 드는 시간은 아주 잠깐이기 때문에 흙은 언제나 검고 축축하며, 나무라고 해봐야 구석에 눈에 띄지 않는 수국 두세 그루가 있을 뿐이다. 게다가 무엇보다 나는 수국이라는 꽃을 그다지 좋아하지 않는다.

이웃집 나무에서 마치 태엽이라도 감는 듯 끼이이익거리는 새소리가 규칙적으로 들려왔다. 우리는 그 새를 '태엽 감는 새'라고 불렀다. 아내가 붙인 이름이었다. 진짜 이름은 모른다. 어떻게 생겼는지도 모른다. 그러나 그것과 관계없이 태엽 감는 새는 매일 그 이웃집 나무에 찾아와 우리가 속한 조용한 세계의 태엽을 감았다.

대체 어째서 내가 굳이 고양이를 찾으러 가야 되는 거야, 나는 태엽 감는 새의 소리를 들으면서 생각했다. 그리고 만약 고양이를 찾는다 하더라도, 그다음에는 어떻게 해야 할까? 집에 가자고 고양이를 설득하면 되는 걸까? 있잖아, 모두 걱정하니까 집으로 돌아오지 않겠니, 그렇게 부탁하면 될까?

맙소사, 진짜 맙소사다. 고양이야 가고 싶은 대로 가서 하고 싶은 대로 하게 두면 될걸. 대체 서른 살이나 먹은 내가 이런 데서 뭘 하는 거지? 빨래하고, 저녁거리를 걱정하고, 그리고 고양이나 찾으러 다니고.

예전에는—하고 나는 생각했다—나도 희망에 불타던 정상적인 인간이었다. 고교 시절에는 클래런스 대로의 전기를 읽고 변호사가 되기를 꿈꾸었다. 성적도 나쁘지 않았다. 고등학교 3학년 때 반에서 '가장 큰 인물이 될 것 같은 사람' 투표를 했을 때 2등을 한 적도 있다. 그리고 비교적 멀쩡한 대학의 법학부에도 들어갔다. 그러다 어딘가에서 삐끗해버린 것이다.

나는 주방 식탁에 턱을 괴고 앉아 그것에 관해—대체 언제 어디서 내 인생이 어긋나기 시작했는지에 관해—좀 생각해보았다. 그러나 알 수 없었다. 특별히 짚이는 시점이나 사건이 있는 것도 아니었다. 학생운동을 하다 좌절한 것도 아니고, 대학에 실망한 것도 아니며, 특별히 여자한테 미친 적도 없다. 나는 나로 지극히 평범하게 살아왔다. 그런데 대학 졸업을 앞둔 어느 날, 갑자기 나 자신이 예전의 내가 아니란 사실을 깨닫게 된 것이다.

분명 그 어긋남은 처음에는 눈에 띄지도 않을 정도로 아주 사소했을 것이다. 그러나 시간이 흐를수록 점점 커지다가, 급기야 있어야 할 곳에서 한참 떠밀려와버려서, 원래 모습을 찾아볼 수 없을 지경이 되었다. 태양계를 예로 들면 지금 내가 있는 곳은 아마 토성과 천왕성의 중간 지점쯤 될 것이다. 조금만 더 가면 명왕성도 볼 수 있을 것 같다. 그리고—나는 생각했다—그다음에는 대체 뭐가 나올까?

2월 초에 나는 다니던 법률사무소를 그만두었다. 특별한 이유는 없었다. 업무 내용이 마음에 들지 않아서도 아니었다. 특별히 가슴 뛰는 일은 아니었지만 급료도 나쁘지 않았고, 직장 분위기도 우호적이었다.

그 법률사무소에서 내게 주어진 역할은 한마디로 전문 심부름꾼이었다.

그러나 나는 나름대로 열심히 했다고 생각한다. 내 입으로 말하기는 뭣하지만 그런 실제적인 직무수행에 한해서만 말한다면 나는 상당히 유능한 인간이다. 이해가 빠르고, 행동이 시원시원하며, 불평하지 않고, 현실적인 사고방식을 갖고 있다. 그래서 내가 일을 그만두고 싶다고 했을 때 노선생—이라 함은 그 사무소 소유주인 변호사 부자父子 중 아버지 쪽이다—은 월급을 올려줄 테니 부디 더 있어달라고 제안했을 정도였다.

하지만 결국 그 사무소를 그만두었다. 어째서 그만두었는지 이유는 나도 모른다. 그만두고 무엇을 할 거라는 확실한 희망도 전망도 없었다. 또다시 집에 틀어박혀 사법고시 공부를 하는 것은 아무리 생각해도 끝이 안 보이는 얘기였고, 게다가 무엇보다 딱히 변호사가 되고 싶은 마음이 없었다.

저녁을 먹으며 아내에게 "회사를 그만두고 싶은데" 하고 말을 꺼냈을 때, 그녀는 그냥 "그래"라고 했다. 그 "그래"가 어떤 의미인지 나는 잘 알 수 없었지만, 그녀는 한참을 아무 말도 하지 않았다.

나도 아무 말 없이 있었더니 "그만두고 싶으면 그만두면 되잖아"라고 그녀는 말했다. "당신 인생인데. 당신 좋을 대로 해." 그리고 그 말을 끝으로 젓가락으로 생선 가시를 접시 가장자리에 발라내는 작업에 착수했다.

아내는 디자인 스쿨에서 사무를 보며 그리 나쁘지 않은 월급을 받고 있었고, 편집자 친구에게 받은 일러스트 일도 있어서 수입이 만만찮았다. 나도 반년 동안은 실업급여를 받을 수 있었다.

게다가 내가 집에 있으면서 매일 집안일을 제대로 하면 외식비며 세탁비 같은 필요 없는 지출을 줄일 수 있으니, 사는 형편은 내가 직장을 다니며 월급을 받을 때와 그리 달라지지 않을 것이다.

그렇게 해서 나는 일을 그만두었다.

열두시 반에 언제나처럼 커다란 캔버스 천 가방을 어깨에 메고 장을 보러 나갔다. 먼저 은행에 들러 가스요금과 전화요금을 내고, 슈퍼마켓에서 저녁 찬거리를 사고, 맥도날드에서 치즈버거를 먹고 커피를 마셨다.

집으로 돌아와 냉장고에 식료품을 채워넣고 있을 때 전화벨이 울렸다. 그 전화벨 소리는 몹시 초조하게 들렸다. 나는 비닐 팩을 반만 벗겨낸 두부를 테이블 위에 놓고 거실로 가서 수화기를 들었다.

"스파게티는 다 먹었나요?" 예의 여자가 말했다.

"다 먹었어요." 나는 말했다. "그렇지만 지금부터 고양이를 찾으러 가야 해요."

"그래도 십 분 정도는 시간 낼 수 있잖아요? 고양이 찾으러 가기 전에."

"뭐, 십 분 정도라면."

뭘 하는 거지, 대체, 하고 나는 생각했다. 어째서 어디 사는 누군지도 모르는 여자와 십 분이나 지껄여야 하는 거야?

"그럼 우린 서로를 알 수 있게 되겠죠?" 여자는 조용히 말했다. 여자가—어떤 여자인지 모르지만—전화 너머로 의자에서 느긋하게 고쳐 앉으며 다리를 꼬는 듯한 분위기가 느껴졌다.

"글쎄, 그럴까요?" 나는 말했다. "십 년을 같이 살아도 이해 못 하는 경우가 많은데."

"시험해볼래요?" 여자는 말했다

나는 손목시계를 풀어 스톱워치 모드로 바꾸고 스위치를 눌렀다. 디지털 숫자가 1에서 10까지 바뀌었다. 이것으로 십 초가 지났다.

"왜 나죠?" 나는 물어보았다. "어째서 다른 누군가가 아니라 내게 전화를 건 거냐고요?"

"이유는 있어요." 여자는 음식을 천천히 씹을 때처럼 정중하게 말을 끊었다가 다시 이었다. "당신을 알거든요."

"언제, 어디서요?" 나는 물었다.

"언젠가, 어디선가요." 여자는 말했다. "하지만 그런 건 아무래도 좋아요. 중요한 건 지금이니까. 그렇죠? 게다가 그런 이야기를 하면 금방 시간이 없어져버려요. 나 역시 그렇게 한가하진 않아요."

"증거를 보여줘요. 당신이 날 안다는 증거를."

"예를 들면?"

"내 나이는?"

"서른." 여자는 바로 대답했다. "서른하고 이 개월. 됐어요?"

나는 입을 다물었다. 확실히 이 여자는 나를 알고 있다. 그러나 아무리 생각해도 여자의 목소리는 기억에 없었다. 내가 사람의 목소리를 잊어버리거나 잘못 듣는 일은 거의 있을 수 없다. 나는 설령 얼굴과 이름은 잊더라도 목소리만은 또렷이 기억한다.

"그럼 이번에는 당신이 나를 상상해보세요." 여자가 유혹하듯이 말했다. "목소리로 상상하는 거예요. 내가 어떤 여자인지. 못해요? 그런 게 당신 특기 아니었어요?"

"모르겠습니다." 나는 말했다.

"해보세요." 여자는 말했다.

시계를 보았다. 아직 일 분 오 초밖에 지나지 않았다. 나는 체념의 한숨을 내쉬었다. 받아들이고 말았다. 일단 받아들인 이상 끝까지 하는 수밖에 없다. 나는 옛날에 곧잘 했던 것처럼—아닌 게 아니라 그녀의 말대로 그것은 예전의 내 특기였다—신경을 상대의 목소리에 집중했다.

"이십대 후반, 대졸, 도쿄 출생, 어린 시절의 생활환경은 중상." 나는 말했다.

"놀랍군요." 여자는 말하며 수화기 옆에서 라이터를 켜 담배에 불을 붙였다. 카르티에 라이터 소리다. "더 해봐요."

"상당한 미인. 적어도 본인은 그렇게 생각함. 하지만 콤플렉스는 있음. 키가 작다든가 가슴이 작다든가 하는."

"상당히 근접해요." 여자는 쿡쿡 웃으면서 말했다.

"기혼임. 그러나 원만하지 않음. 문제 있음. 문제가 없는 여자는 이름을 밝히지 않고 남자한테 전화를 거는 일 따윈 하지 않을 테니까. 하여간 나는 당신을 몰라요. 적어도 얘기를 나눈 적은 없어요. 이만큼 상상해도 도저히 당신이 머리에 떠오르지 않으니까."

"그럴까요?" 여자는 내 머리를 부드러운 채찍으로 때리듯이 조용한 어조로 말했다. "그렇게 자기 능력을 자신하세요? 당신의 머릿속 어딘가에 치명적인 사각지대가 있으리라고는 생각하지 않아요? 아니면 당신은 지금쯤 제대로 된 자리에 있어야 한다고 생각하지 않아요? 당신 정도로 머리가 좋고 능력이 뛰어난 사람이라면요."

"나를 과대평가하는군요. 당신이 누군지는 모르겠지만 난 그렇게 대단한 인물이 아니에요. 나는 뭔가를 끝까지 해내는 능력이 부족해요. 그래서 자꾸 샛길로 빠져버리는 겁니다."

"그렇지만 나, 당신을 좋아했어요. 옛날 얘기지만."

"옛날 얘기는 그렇다 치고."

이 분 오십삼 초.

"그다지 옛날도 아니에요. 우리의 역사를 얘기하는 거예요."

"역사라니."

사각, 하고 나는 생각했다. 확실히 이 여자의 말이 맞는지도 모른다. 내 머리, 몸, 그리고 존재 그 자체의 어딘가에 잃어버린 땅속 세상 같은 것이 있어서, 그것이 내 삶의 방식을 미묘하게 어긋나게 하는지도 모른다.

아니다, 미묘하게가 아니다. 대폭적으로다. 수습이 불가능할 정도다.

"나는 지금 침대에 누워 있어요." 여자는 말했다. "이제 막 샤워를 끝내고 아무것도 걸치지 않았어요."

맙소사, 하고 나는 생각했다. 아무것도 걸치지 않았다. 이거야 완전히 포르노 테이프 아닌가.

"뭔가 속옷이라도 걸치는 게 좋아요? 아니면 스타킹? 그쪽이 더 느낌이 오나요?"

"뭐든 상관없어요. 당신 좋을 대로 하면 되지." 나는 말했다. "그러나 미안하지만 전화로 그런 얘기를 하는 건 내 취미가 아니에요."

"십 분이면 돼요. 겨우 십 분이요. 십 분 통화한다고 해서 무슨 치명적인 손해를 보는 것도 아니잖아요? 그 이상은 아무것도 바라지 않아요. 인연이란 게 있죠? 어쨌든 질문에 답해요. 알몸인 채로가 좋아요? 안 그러면 뭐라도 걸친 게 나아요? 나한테는 여러 가지가 있어요. 가터벨트라든가……"

가터벨트? 하고 나는 생각했다. 머리가 돌아버릴 것 같았다. 요즘 세상에 가터벨트를 하는 여자는 〈펜트하우스〉 모델 정도가 아닐까.

"알몸으로 됐어요. 안 움직여도 되고요." 나는 말했다.

이것으로 사 분이다.

"음모가 아직 젖어 있어요." 여자는 말했다. "타월로 잘 닦지 않았거든요. 그래서 아직 젖어 있어요. 따뜻하고 축축해요. 아주 보드라운 음모예요. 새까맣고, 부드러워요. 만져보세요."

"이봐, 미안하지만—"

"그 아래쪽은 더 따뜻해요. 마치 데운 버터크림처럼요. 아주 따뜻해요. 정말이에요. 지금 내 포즈는 어떨 거 같아요? 오른쪽 무릎을 세우고, 왼쪽 다리를 옆으로 벌렸어요. 시곗바늘로 말하면 열시 오분 정도."

목소리의 상태로 보아 그녀가 거짓말을 하는 것 같지는 않았다. 그녀는 정말로 열시 오분 각도로 양다리를 벌리고 있을 것이고, 그녀의 질은 따뜻하고 축축할 것이다.

"입술을 만져줘요. 천천히요. 그리고 벌려요. 천천히요. 손등으로 천천히 만져요. 그래요. 아주 천천히요. 그리고 다른 한 손으로 왼쪽 유방을 만져요. 아래쪽에서부터 부드럽게 만지며 올라가 유두를 살짝 잡아요. 그걸 몇 번만 되풀이해줘요. 내가 도달할 때까지요."

나는 아무 말도 하지 않고 전화를 끊었다. 그리고 소파에 드러누워 천장을 바라보면서 담배를 한 개비 피웠다. 스톱워치는 오분 이십삼 초에 멈춰 있었다.

눈을 감자 다양한 색감의 물감을 마구 덧칠해놓은 듯한 어둠이 내려앉아 나를 뒤덮었다.

어째서일까? 하고 나는 생각했다. 어째서 모두 날 그냥 내버려두지 않는 거지?

십 분쯤 뒤에 또 전화벨이 울렸지만, 이번에는 수화기를 들지 않았다. 전화벨은 열다섯 번 울리더니 끊겼다. 벨소리가 끊기자 마치 중력이 균형을 잃어버린 듯 깊은 침묵이 주위를 가득 채웠다. 빙하에 갇혀버린 오만 년 전의 돌과 같은 깊고 차가운 침묵이었다. 열다섯 번의 전화벨이 내 주변 공기의 질을 완전히 바꾸어버렸다.

두시 조금 전에 나는 벽돌담을 넘어 '골목'으로 뛰어내렸다. '골목'이라고는 해도 사전적인 의미의 골목은 아니다. 그건 뭐라고도 부를 이름이 없다. 정확히 말하면 길도 아니다. 길은 시작과 끝이 있고, 그곳을 더듬어 가면 어떤 장소에 이르는 통로를 말하는 것이다.

그러나 '골목'에는 시작도 끝도 없고, 가봐야 벽돌담이나 철조망에 부딪힐 뿐이다. 막다른 골목이라고조차 할 수 없다. 적어도 막다른 골목이라면 시작 정도는 있기 때문이다. 이웃 사람들이 그 좁은 길을 그저 편의상 '골목'이라고 부르는 것뿐이다.

'골목'은 집집의 뒤뜰을 기워놓은 듯이 200미터쯤 이어져 있었다. 폭은 1미터 남짓이지만 울타리가 쳐져 있기도 하고, 여러 가지를 길에 내다놓은 탓에 옆으로 비스듬히 서지 않으면 빠져나갈 수 없는 곳도 몇 군데나 있다.

듣자 하니—그 얘기를 해준 것은 우리에게 아주 싼 집세로 그 집을 빌려준 나의 친절한 숙부였다—예전에는 '골목'에도 시작과 끝이 있어 길과 길을 잇는 지름길 구실을 했었다. 그러나 고도 성장기에 접어들어 예전에 공터였던 곳에 집들이 새로이 들어서자 그것들에 치여 길 폭이 좁아지고, 주민들도 자기 집 처마 밑이나 뒤뜰로 사람들이 오가는 것을 달가워하지 않아서 그 지름길은 은연중에 입구가 막혀버렸다.

처음에는 차분한 울타리 같은 것으로 가려지는 수준이었지만, 한 주민이 정원을 확장하며 벽돌담으로 한쪽 입구를 완전히 막

아버리자, 거기에 호응하듯 다른 한쪽의 입구도 튼튼한 철조망으로 개도 못 지나가게 막아버린 것이다. 애초에 통로로 쓰이던 길이 아니었기 때문에 양쪽 입구를 막았다고 불평하는 주민은 아무도 없었고, 방범을 위해서는 차라리 그편이 나았다. 그래서 이제 그 길은 마치 방치된 운하처럼 사람들도 모르게 버려졌고, 오가는 사람도 없이 집과 집 사이의 완충지대 같은 역할만 할 뿐이다. 땅에는 잡초가 무성하고, 가는 곳마다 거미가 끈끈한 집을 짓고 벌레가 걸려들기를 기다리고 있다.

아내가 왜 그런 곳에 몇 번씩 들락거렸는지 나는 짐작도 가지 않았다. 나도 이제까지 그 '골목'에 가본 적이 한 번밖에 없는데, 게다가 그녀는 거미라면 질색하는데.

그러나 뭔가 생각하려고 하자 내 머리는 반쯤 굳어 끈적거리는 가스 상태의 것들로 가득찼다. 그리고 양쪽 관자놀이가 몹시 나른해졌다. 어젯밤 잠을 설친데다 5월 초치고는 너무 무더운 날씨 탓도 있고, 그 해괴한 전화도 한몫했으리라.

뭐, 됐다, 하고 나는 생각했다. 어쨌든 고양이나 찾자. 그다음 일은 또 그때 생각하면 된다. 어차피 집에 가만히 앉아 전화벨 소리나 기다리는 것보다 이렇게 바깥을 걸어다니는 편이 훨씬 낫다. 적어도 뭔가 목적이 있는 일을 하는 거니까.

오늘따라 한층 강렬한 초여름의 햇볕이 머리 위로 드리운 나뭇가지들의 그림자를 골목에 마구 흩뿌리고 있었다. 바람이 없는 탓에 그 그림자는 영원히 지표를 떠나는 일 없이 고정된 숙명적인 얼룩처럼 보였다. 지구는 그런 사소한 얼룩을 안은 채 서력西曆이 다섯 자리가 될 때까지 태양 주위를 계속 도는지도 모른다.

나뭇가지 아래를 지나가자, 그 아물거리는 그림자는 내 흰색 셔츠 위로 재빨리 기어올라왔다가 다시 지표로 돌아갔다.

주변은 너무나 고요해서 풀잎이 햇볕을 쬐며 호흡하는 소리까지 들리는 것 같았다. 하늘에 떠 있는 몇 개의 조각구름은 마치 중세 동판화의 배경에 새겨진 구름처럼 선명하고 간결한 형태를 띠고 있었다. 눈에 띄는 모든 것이 하도 선명한 탓에 나 자신의 육체가 너무나 막연하고 종잡을 수 없는 존재로 느껴진다. 그리고 무진장 덥다.

나는 티셔츠와 얇은 면바지에 테니스화 차림이었지만, 햇빛 아래를 한참 걷다보니 겨드랑이며 가슴팍이 땀으로 흥건해졌다. 티셔츠도 바지도 그날 아침 여름옷을 넣어둔 상자에서 꺼내 입은 것이라 숨을 크게 들이쉴 때마다 방충제 냄새가 뾰족한 모양의 작은 날벌레처럼 콧속을 파고들었다.

나는 양옆을 주의깊게 살피면서 천천히 일정한 걸음새로 골목을 걸었다. 그리고 한 번씩 걸음을 멈추고 작은 목소리로 고양이의 이름을 불러보았다.

골목 양쪽에 선 집들은 마치 비중이 다른 액체를 섞은 듯 두 개의 카테고리로 확실히 나뉘어 있었다. 하나는 넓은 뒤뜰이 있는 옛날 집 그룹이고, 다른 하나는 비교적 최근에 지은 아담한 집 그룹이다. 새로 들어선 집들에는 뒤뜰이라고 할 만한 넓은 공간이 없고, 개중에는 뜰이라는 것이 한구석도 없는 집도 있었다. 그런 집은 처마 끝과 골목 사이에 겨우 빨래를 너는 작대기 두 개를 걸어놓을 정도의 공간만 비어 있을 뿐이다. 어떤 작대기는 골목까지 삐져나와 있어, 나는 아직 물방울이 뚝뚝 떨어지는 타월이며 셔츠며 시트를 피해 앞으로 나아가야 했다. 집 밖으로 텔레비전 소리며 수세식 변기 물소리가 또렷이 들려오기도 하고 카레 냄새가 풍겨오기도 했다.

그에 비해 옛날부터 있던 집 쪽에서는 생활의 냄새 같은 것이 거의 느껴지지 않았다. 울타리에는 사생활 보호를 위해 가지각색의 관목과 향나무가 효과적으로 배치되어, 그 틈새로 잘 손질된 정원이 들여다보였다. 안채의 건축 스타일은 다양했다. 긴 복도가 있는 전통 가옥도 있고, 낡은 구리 지붕의 서양식 가옥도 있고, 불과 얼마 전 개축된 듯한 모던한 집들도 있었지만, 하나같이 그곳에 사는 사람들의 모습을 볼 수는 없었다. 아무 소리도 들리지 않았고, 아무 냄새도 나지 않았다. 빨래조차 거의 눈에 띄지 않았다.

이렇게 천천히 주위를 살피면서 골목을 걷는 것은 처음이어서, 내 눈에는 주변의 풍경이 무척이나 신선하게 비쳤다. 어느 집 뒤뜰 구석에는 갈색으로 시들어버린 크리스마스트리가 오도카니 나와 있었다. 어느 집 뜰에는 마치 몇 명이나 되는 어른들이 소년 시절의 추억을 모조리 모아 쏟아놓은 듯 온갖 잡동사니와 아이들의 놀이도구가 널려 있었다. 세발자전거, 고리 걸기, 플라스틱 칼, 고무공, 거북 인형, 작은 방망이, 목제 트럭 등등. 농구 골대가 설치된 정원도 있었고, 훌륭한 가든체어와 도기로 만든 테이블이 놓인 정원도 있었다. 흰색 가든체어는 벌써 몇 개월이나(혹은 몇 년이나) 사용하지 않은 듯, 부연 흙먼지를 뒤집어쓰고 있었다. 테이블 위에는 비에 떨어진 자목련 꽃잎이 말라비틀어져 있었다.

어떤 집은 알루미늄 새시의 커다란 유리문을 통해 거실 내부가 한눈에 보였다. 그 안에는 간장 비슷한 색의 가죽소파 세트와 대형 텔레비전, 장식 선반과(그 위에는 열대어 수족관과 정체 모를 트로피 두 개가 놓여 있다) 거실용 장식 스탠드가 있었다. 그건 마치 TV 드라마의 세트처럼 비현실적으로 보였다.

철망을 둘러쳐놓은 대형견용 커다란 개집이 있는 정원도 있었다. 그러나 개는 그림자도 보이지 않았고 문은 열려 있었다. 철망은 마치 누군가가 몇 개월 동안 안쪽에서 기대고 있었던 것처럼 불룩하니 바깥으로 불거져 있었다.

아내가 가르쳐준 빈집은 그 개집이 있는 집의 조금 앞에 있었다. 그곳이 빈집이라는 사실을 나는 단번에 알았다. 그것도 두세 달 비워둔 예사로운 곳이 아니라고 한눈에 파악할 수 있었다. 비교적 신식 2층집이지만 굳게 닫힌 나무 덧문만은 몹시 낡았고, 2층 창에 붙은 난간도 당장이라도 무너져내릴 듯이 벌겋게 녹이 슬어 있었다. 아담한 정원에는 사람 가슴께까지 오는 날개를 펼친 새를 본뜬 석상이 대좌 위에 놓여 있었는데, 그 주변에는 잡초가 무성하게 우거지고, 그중에서도 키가 큰 양미역취*는 그 끝이 새 다리에까지 닿았다. 새는—어떤 종류의 새인지는 나도 모르겠지만—그런 상황에 초조해하며 당장이라도 날개를 펴고 날아오를 듯한 모습이었다.

석상 외에 정원에는 별다른 장식이 없었다. 낡은 플라스틱 가든체어 두 개가 처마 밑에 나란히 단정하게 놓여 있고, 그 옆에는 진달래가 묘하게 현실감 없는 붉은색 꽃잎을 피우고 있는 정도였다. 그 이외에 눈에 띄는 거라곤 잡초뿐이었다.

나는 가슴팍까지 오는 철조망의 칸막이에 기대서서 한참 동안

---

* 높이 2, 3미터의 국화과 다년초.

그 정원을 바라보았다. 그야말로 고양이가 좋아할 만한 정원이었지만, 아무리 지켜보아도 그곳에는 고양이 그림자 하나 얼씬거리지 않았다. 지붕 위의 텔레비전 안테나 끝에 비둘기 한 마리가 앉아 단조로운 울음소리를 주위에 퍼뜨리고 있을 뿐이었다. 새 석상의 그림자는 무성한 잡초의 잎사귀 위로 떨어져, 그 형태가 조각조각 흩어져 있었다.

나는 주머니에서 담배를 꺼내 성냥으로 불을 붙이고, 철조망에 기댄 채 한 개비를 피웠다. 그동안 텔레비전 안테나 위에 앉은 비둘기는 줄곧 같은 소리로 울고 있었다.

담배를 다 피우고 꽁초를 바닥에다 비벼끈 후에도 나는 꽤 오랫동안 그곳에 서 있었던 것 같다. 얼마 동안이나 그곳에 기대 있었는지 모르겠다. 몹시 졸리고 머리가 멍해져서 거의 아무 생각 없이 새의 석상 그림자 주위를 계속 보고 있었던 것 같다.

어쩌면 나는 뭔가를 생각했을지도 모른다. 그러나 만약 그렇다 하더라도 그 작업은 내 의식의 영역을 벗어난 곳에서 행해졌다. 현상적으로 나는 풀잎 위에 떨어진 새의 그림자만 물끄러미 보고 있었을 뿐이었다.

새의 그림자 속에 누군가의 목소리 같은 것이 슬쩍 끼어드는 듯한 느낌이 들었다. 그것이 누구의 목소리인지는 알 수 없었다. 그런데 여자 목소리다. 누군가가 나를 부르는 것 같았다.

뒤를 돌아보자 맞은편 집 뒤뜰에 열대여섯 살쯤 돼 보이는 여자아이가 서 있었다. 자그마한 몸집에 짧은 생머리, 적갈색 테의 짙은 선글라스를 끼고, 어깻죽지부터 가위로 양 소매를 잘라낸 연파랑 아디다스 티셔츠를 입고 있다. 거기에 드러난 가느다란 양팔은 아직 5월인데도 햇볕에 보기 좋게 그을려 있었다. 그녀는 한 손은 반바지 주머니에 찔러넣고 다른 한 손은 허리 높이의 대나무 문을 짚은 채 불안정하게 몸을 기대 있었다.

"덥죠." 소녀가 내게 말했다.

"덥네." 나도 말했다.

맙소사, 하고 나는 또 한 번 생각했다. 오늘 하루종일 내게 말을 걸어오는 것은 여자뿐이다.

"아저씨, 담배 있어요?" 그 소녀가 내게 물었다.

나는 바지 주머니에서 쇼트 호프 담뱃갑을 꺼내 소녀에게 내밀었다. 그녀는 반바지 주머니에서 손을 꺼내 담배를 한 개비 빼들고 한참 동안 신기한 듯이 바라보더니 입에 물었다. 입은 조그맣고, 윗입술이 아주 약간 말려올라갔다. 나는 종이성냥을 찾아서 담배에 불을 붙여주었다. 소녀가 고개를 숙이자 귀의 형태가 또렷이 보였다. 지금 막 생겨난 듯한 느낌의 매끈하고 예쁜 귀였다. 그 가는 윤곽을 따라 짧은 솜털이 반짝거렸다.

소녀는 익숙하게 입술 한가운데로 만족스럽게 연기를 뿜어내더니, 갑자기 생각났다는 듯이 내 얼굴을 올려다보았다. 두 개의 선글라스 렌즈 위에 내 얼굴이 두 개로 나뉘어 비쳐 보였다. 렌즈 색이 너무 짙은데다 빛을 반사시켜 나는 그 너머에 있는 그녀의 눈을 볼 수 없었다.

"이웃 사람?" 소녀가 물었다.

"응." 나는 대답하며 우리집이 있는 쪽을 가리키려 했지만, 도대체가 정확한 방향을 알 수 없었다. 기묘한 각도로 굽은 모퉁이를 몇 개나 돌아나왔기 때문이다. 그래서 나는 적당한 곳을 가리키며 얼버무리려 했다. 어느 쪽을 가리키든 별 상관 없다.

"거기서 줄곧 뭐하셨어요?"

"고양이를 찾았어, 사나흘 전에 없어졌거든." 나는 땀이 밴 손바닥을 바지 옆쪽에다 비비면서 대답했다. "이 근처에서 우리 고양이를 봤다는 사람이 있어서."

"어떤 고양이?"

"몸집이 큰 수컷이야. 갈색 줄무늬에 꼬리 끝이 조금 구부러졌어."

"이름은?"

"이름이라니?"

"고양이 이름요. 이름 있죠?" 소녀는 선글라스 너머로 내 눈을 말끄러미 들여다보면서—아마 들여다보고 있었을 거라고 생각한다—말했다.

“노보루.” 나는 대답했다. “와타나베 노보루.”

“고양이치고는 아주 훌륭한 이름이네요.”

“아내의 오빠 이름이야. 느낌이 닮아서 장난삼아 붙였어.”

“어떻게 닮았는데요?”

“동작이 닮았어. 걸음걸이라든가 졸릴 때의 눈매라든가 그런 거 말이야.”

소녀는 처음으로 빙그레 웃었다. 표정이 무너지자 그녀는 첫 인상보다 훨씬 아이다워 보였다. 살짝 말려올라간 윗입술이 이상한 각도로 튀어나왔다.

만져봐 하는 목소리가 들리는 것 같았다. 그러나 그것은 전화의 여자 목소리였다. 이 소녀의 목소리가 아니다. 나는 손등으로 이마의 땀을 닦았다.

“갈색 줄무늬 고양이고, 꼬리 끝이 조금 굽었다고요?” 소녀는 확인하듯이 되풀이했다. “목줄이라든가 뭐 그런 건요?”

“검은색 벼룩 퇴치용 목걸이를 하고 있어.”

소녀는 한 손을 나무문에 올려놓은 채 십 초인가 십오 초쯤 생각에 잠겼다. 그리고 짧아진 담배를 내 발치의 땅에 훌쩍 떨어뜨렸다.

“그거 좀 밟아줄래요? 난 맨발이라서요.”

나는 테니스화 바닥으로 담배를 주의깊게 밟아 껐다.

"그 고양이라면 나, 본 적 있는 것 같아요." 소녀는 한 어절씩 끊어 읽듯 천천히 말했다. "꼬리 끝까지는 미처 보지 못했지만, 갈색 도둑고양이, 크고, 아마 목걸이를 하고 있었을 거예요."

"그게 언제쯤이지?"

"글쎄, 언제쯤이었더라? 그렇지만 몇 번 봤어요. 나, 요즘 계속 정원에서 일광욕하거든요. 언제가 언제인지는 잘 모르겠지만, 어쨌든 최근 삼사 일 사이였어요. 우리 정원은 이웃 고양이들이 지나다니는 길이어서 여러 고양이들을 자주 봐요. 모두 스즈키 씨네 울타리에서 나와 우리 정원을 가로질러 미야와키 씨네 정원으로 들어가죠."

소녀는 그렇게 말하며 건너편의 빈집 정원을 가리켰다. 빈집 정원에서는 여전히 돌로 된 새가 날개를 펼치고 있고, 양미역취는 초여름의 햇살을 받고 있고, 텔레비전 안테나 위에서는 비둘기가 단조로운 소리로 계속 울고 있었다.

"알려줘서 고마워." 나는 소녀에게 말했다.

"저기요, 있잖아요, 우리 정원에서 기다려보면 어때요. 어차피 고양이들은 모두 우리집을 지나서 그쪽으로 가니까, 그리고 이 주변을 어슬렁거리면 도둑인 줄 알고 누가 경찰에 신고할 거예요. 지금까지 몇 번이나 그런 일이 있었거든요."

"그렇지만 모르는 사람의 정원에 들어가 고양이를 기다릴 순 없잖아."

"괜찮아요, 그런 염려 하지 않아도. 우리집에는 나밖에 없고, 대화 상대가 없어서 무척 심심하던 참이었어요. 둘이 정원에서 일광욕하면서 고양이가 지나가기를 기다리면 되잖아요. 나, 시력이 좋아서 도움이 될 거예요."

나는 손목시계를 보았다. 두시 삼십육분이었다. 오늘 하루 내게 남겨진 일이라면 해가 지기 전에 빨래를 걷고 저녁식사를 준비하는 것뿐이었다.

"그럼 세시까지만 좀 있을게." 나는 아직 제대로 상황을 파악하지 못한 채 말했다.

나무문을 열고 안으로 들어가 소녀를 뒤따라 잔디밭을 걸어가던 중 소녀가 오른 다리를 약간 절룩거리는 것을 발견했다. 소녀의 작은 어깨는 기계의 크랭크처럼 오른쪽으로 기울어져 규칙적으로 흔들리고 있었다. 소녀는 몇 걸음 걷다가 멈춰 서더니 옆으로 오라고 내게 손짓했다.

"지난달에 사고를 당했어요." 소녀는 대수롭잖게 말했다. "오토바이 뒤에 타고 있다가 튕겨나갔어요. 재수가 없었죠."

잔디밭 한가운데 캔버스 천 접의자 두 개가 나란히 있었다. 한쪽 등받이에는 커다란 푸른색 타월이 걸쳐 있고, 다른 하나 위에는 빨간색 말보로 담뱃갑과 재떨이, 라이터, 대형 라디오카세트와 잡지가 너저분하게 놓여 있었다. 켜져 있는 카세트의 스피커에서는 내가 모르는 하드록이 작은 소리로 흘러나왔다.

소녀는 의자 위에 흩어진 것들을 잔디에 내려놓더니 그곳에 나를 앉히고 카세트 스위치를 꺼서 음악을 멈췄다. 의자에 걸터앉자 수목 사이로 골목과 그 너머의 빈집이 한눈에 들어왔다. 하얀색 새의 석상도 양미역취도 철조망 울타리도 보였다. 아마 소녀는 여기 앉아 내 모습을 물끄러미 관찰했었나보다, 하고 나는 짐작했다.

넓고 심플한 정원이었다. 완만하게 경사진 잔디밭 곳곳에 나무들이 심겨 있었다. 의자 왼쪽에는 콘크리트로 조성한 꽤 커다란 연못이 있었지만, 최근에는 사용하지 않은 듯 물이 빠져서 마치 배를 뒤집은 수생동물처럼 옅은 녹색으로 변색된 바닥이 햇볕에 드러나 있었다. 등뒤 나무들 뒤편으로는 모서리가 잘 다듬어진 우아하고 고풍스러운 서양식 안채가 보였는데, 집 자체는 그리 크지도 사치스럽지도 않았다. 단지 정원만 넓고, 게다가 아주 정성껏 손질되어 있었다.

"옛날에 잔디깎기 회사에서 아르바이트를 한 적이 있어." 나는 말했다.

"그래요?" 소녀가 그다지 관심 없는 투로 말했다.

"이렇게 넓은 정원을 손질하려면 이만저만 힘든 게 아니었지." 나는 주위를 둘러보며 말했다.

"아저씨네 집에는 정원이 없어요?"

"조그만 뜰밖에 없어. 수국 두세 그루 심어놓은." 나는 말했다. "넌 항상 혼자니?"

"네, 그래요. 낮에는 항상 나 혼자 여기 있어요. 아침저녁으로는 도우미 아줌마가 오지만, 그 밖에는 늘 나 혼자예요. 있잖아요, 뭐 시원한 거 마실래요? 맥주도 있어요."

"아니, 괜찮아."

"정말요? 사양하지 않아도 돼요."

"목마르지 않아." 나는 말했다. "넌 학교에 안 가니?"

"아저씨는 일하러 안 가요?"

"가려고 해도 일이 없어." 나는 말했다.

"잘렸어요?"

"음, 내가 그만뒀어."

"원래 무슨 일을 했는데요?"

"변호사의 심부름꾼 같은 일." 나는 대답한 뒤, 얘기의 빠른 흐름을 끊으려고 천천히 심호흡을 했다. "구청이나 관청에 가서 여러 가지 서류를 모으고, 자료 정리도 하고, 판례도 체크하고, 법원 사무 수속도 하고, 그런 것."

"근데 그만두셨군요?"

"응."

"부인은 일하세요?"

"일해." 나는 말했다.

나는 담배를 꺼내 입에 물고 성냥을 그어 불을 붙였다. 가까운 나무 위에서 태엽 감는 새가 울었다. 태엽 감는 새는 열두 번인가 열세 번 태엽을 감은 뒤 어딘가 다른 나무로 옮겨갔다.

"고양이는 항상 저쪽으로 지나가요." 소녀는 말하며, 앞쪽 잔디가 끊긴 부분을 가리켰다. "저쪽 스즈키 씨네 울타리 뒤에 소각로 보이죠? 그 옆에서 나와서 잔디밭을 쭈욱 가로질러 나무문 아래로 빠져나가 맞은편 집 정원으로 가요. 언제나 똑같은 코스죠.—저기요, 스즈키 씨 남편 있잖아요. 대학교수인데 텔레비전에도 곧잘 나와요. 아세요?"

"스즈키 씨?"

소녀는 내게 스즈키 씨에 대해 설명해주었지만, 나는 그 사람을 알지 못했다.

"텔레비전을 잘 안 봐." 나는 말했다.

"정떨어지는 일가예요." 그녀는 말했다. "유명인사라고 잘난척하거든요. 텔레비전에 나오는 사람들은 모두 사기꾼이에요."

"그래?"

소녀는 말보로 담뱃갑에서 또 한 개비를 꺼내들고 불을 붙이지 않은 채 잠시 손안에서 굴렸다.

"뭐 개중에는 훌륭한 사람도 몇 명 있을지 모르지만, 난 좋아하지 않아요. 미야와키 씨는 아주 좋은 사람이었어요. 부인도 착하고요. 남편은 패밀리 레스토랑을 두세 개 경영했어요."

"왜 떠난 거야?"

"몰라요." 소녀는 담배 끝을 손톱으로 튕기면서 말했다. "빚 문제 같은 게 아닐까요. 어느 날 갑자기 사라져버렸어요. 사라진 지 벌써 이 년이 다 되어가는걸요. 집은 버려져 있지, 고양이는 늘어나지, 아무런 조치도 취하지 않지. 엄마가 늘 불평해요."

"그렇게 고양이가 많아?"

소녀는 그제야 담배를 입에 물고 라이터로 불을 붙였다. 그리고 고개를 끄덕였다.

"가지각색의 고양이가 있어요. 털이 빠진 것도 있고, 외눈박이도 있는데…… 눈이 빠져버리고 그 자리가 살덩어리로 채워져 있어요. 굉장하죠?"

"굉장하군."

"우리 친척 중에 손가락이 여섯 개 있는 사람이 있어요. 나보다 나이가 조금 더 많은 여자인데요. 새끼손가락 옆에 아기 손가락처럼 조그만 게 하나 더 붙어 있어요. 그렇지만 늘 요령 좋게 구부리고 있어서 얼핏 봐서는 몰라요. 아주 예쁘고요."

"흐음." 나는 말했다.

"그런 거 유전이라고 생각하세요? 뭐랄까…… 혈통적으로."

"모르겠는데." 나는 말했다.

소녀는 그후 한참 동안 침묵했다. 나는 담배를 피우면서 고양이가 지나간다는 길을 뚫어져라 노려보았다. 지금까지 고양이는 한 마리도 보이지 않았다.

"저기요, 정말 뭐 안 마실래요? 난 콜라 마실 건데." 소녀가 말했다.

괜찮아, 하고 나는 사양했다.

소녀가 접의자에서 일어나 한쪽 다리를 절면서 나무 그늘로 사라지자, 나는 발밑의 잡지를 집어들고 훌훌 넘겨보았다. 그것은 내 예상과 달리 남성 월간지였다. 한가운데의 사진화보에는 성기 모양과 음모가 그대로 드러나 보이는 얇은 속옷을 걸친 여자가 스툴에 앉아 부자연스러운 자세로 두 다리를 활짝 벌리고 있었다. 맙소사, 하며 잡지를 원래 자리에 도로 내려놓고, 팔짱을 낀 채 다시금 고양이가 지나다니는 길로 시선을 옮겼다.

제법 긴 시간이 흐른 뒤에야 소녀가 콜라 잔을 들고 돌아왔다. 소녀는 아디다스 티셔츠를 벗고 짧은 바지와 비키니 수영복의 브래지어 차림이 되어 있었다. 젖가슴의 모양이 선명히 드러나는 조그만 브래지어로, 뒤를 끈으로 묶는 방식이었다.

확실히 무더운 오후였다. 접의자 위에서 태양에 몸을 맡기고 가만히 있으니 회색 티셔츠 곳곳이 땀에 젖어 거무스름해지는 것이 보였다.

"있잖아요, 만약 아저씨가 좋아하는 여자의 손가락이 여섯 개란 걸 알게 되면 아저씨는 어떻게 하겠어요?" 소녀는 하던 얘기의 뒤를 이었다.

"서커스단에 팔지." 나는 대답했다.

"정말요?"

"농담이야." 나는 놀라서 말했다. "아마 별로 신경쓰지 않을 것 같아."

"아이에게 유전될 가능성이 있는데도요?"

나는 그것에 관해 잠시 생각해보았다.

"신경쓰지 않을 것 같아. 손가락이 하나 더 많다고 해서 큰 지장이 있진 않으니까."

"유방이 네 개 있다면요?"

나는 그것에 관해서도 잠시 생각해보았다.

"모르겠어." 내가 말했다.

유방이 네 개? 얘기가 끝이 없을 것 같아서 나는 화제를 바꾸어보기로 했다.

"넌 몇 살이니?"

"열여섯." 소녀가 말했다. "이제 막 열여섯 살이 됐어요. 고등학교 1학년이에요."

"학교는 쉬고 있니?"

"오래 걸으면 아직 다리가 아파요. 눈 옆에 상처도 났고. 아주 까다로운 학교여서요. 오토바이에서 떨어져 다친 걸 알면 어떤 눈으로 볼지 몰라서…… 병결 처리하고 있어요. 일 년 휴학해도 별로 상관없어요. 서둘러 2학년이 되고 싶지도 않고요."

"흐음." 나는 말했다.

"근데 아까 얘기인데요. 아저씨는 손가락이 여섯 개 있는 여자라면 결혼해도, 유방이 네 개 있는 건 싫다고 하셨죠?"

"싫다고는 하지 않았어. 모르겠다고 했지."

"왜 몰라요?"

"잘 상상이 안 돼서."

"손가락이 여섯 개 있는 건 상상할 수 있어요?"

"그럭저럭."

"무슨 차이가 있을까요? 여섯 개의 손가락과 네 개의 유방?"

나는 그것에 관해 또 잠시 생각해보았지만 잘 설명할 수 없었다.

"있잖아요, 제가 질문이 너무 많나요?" 소녀는 이렇게 말하며 선글라스 너머로 내 눈을 들여다보았다.

"그런 말을 들은 적이 있니?" 나는 물어보았다.

"가끔요."

"질문하는 건 나쁜 게 아냐. 질문을 받으면 상대도 뭔가를 생각하게 되니까."

"그렇지만 대부분의 사람들은 아무 생각도 하지 않아요." 소녀는 발끝을 보면서 말했다. "모두 적당히 대답할 뿐이에요."

나는 애매하게 고개를 가로저으며 고양이가 지나다니는 길 쪽으로 시선을 돌렸다. 나는 대체 여기서 뭘 하고 있는 걸까, 하고 생각했다. 고양이 따위 아직 한 마리도 보이지 않는데.

나는 팔짱을 낀 채 이삼십 초 정도 눈을 감았다. 가만히 눈을 감고 있으니 몸 여기저기서 땀이 배어나는 게 느껴졌다. 이마며 코밑이며 목덜미에, 마치 축축한 깃털 같은 것을 올려놓은 듯한 미묘한 불쾌감이 느껴졌고, 티셔츠는 바람 없는 날의 깃발처럼 축 처져 가슴팍에 달라붙었다. 햇볕은 기묘한 무게로 내 몸에 내리쬐고 있었다. 소녀가 콜라 잔을 흔들자 얼음이 카우벨* 같은 소리를 냈다.

"졸리면 자도 돼요. 고양이가 보이면 깨워줄게요." 소녀가 작

* 소의 목에 다는 방울.

은 목소리로 말했다.

나는 눈을 감은 채 묵묵히 고개만 끄덕였다.

한참 동안 주변에서는 아무 소리도 들리지 않았다. 비둘기도 태엽 감는 새도 어딘가로 사라져버렸다. 바람도 없고, 자동차 배기음조차 들리지 않았다. 그동안 나는 줄곧 전화를 건 여자를 생각했다. 그녀는 정말 내가 아는 여자일까?

그러나 나는 그 여자를 기억해낼 수 없었다. 마치 키리코의 그림 속 정경처럼 여자의 그림자만 길을 가로질러 길게 뻗어 있었다. 그리고 그 실체는 내 의식의 영역에서 아득히 먼 곳에 있었다. 나의 귓가에는 여전히 벨이 울리고 있었다.

"저기요, 자는 거예요?" 소녀가 들릴 듯 말 듯한 목소리로 내게 물었다.

"안 자." 나는 대답했다.

"더 가까이 가도 돼요? 나, 작은 소리로 얘기하는 편이 편하거든요."

"맘대로 하렴." 나는 눈을 감은 채 대답했다.

소녀가 자신의 접의자를 옆으로 끌고 와 내가 앉은 의자에 붙이는 것 같았다. 나무 모서리끼리 부딪치는 딱 하는 마른 소리가 났다.

이상하군, 하고 나는 생각했다. 눈을 뜨고 들을 때와 눈을 감고 들을 때의 소녀의 목소리가 전혀 다르다. 대체 내가 어떻게 되어버린 걸까, 하고 나는 생각했다. 이런 경우는 처음이다.

"얘기 좀 해도 돼요?" 소녀가 말했다. "아주 작게 말할게요, 대답 안 해도 되고요, 도중에 그냥 잠들어도 돼요."

"알았어." 나는 말했다.

"사람이 죽는다는 거, 멋있어요." 소녀는 말했다.

바로 내 귓가에 대고 속삭이는 소녀의 말들은 따뜻하고 촉촉한 숨결과 함께 내 몸속으로 살며시 파고들었다.

"어째서?" 나는 물었다.

소녀는 마치 봉인하듯 내 입술 위에 손가락을 하나 올렸다.

"질문하기 없기." 그녀는 말했다. "지금은 질문받고 싶지 않아요. 그리고 눈도 뜨지 마요. 알았죠?"

나는 그녀의 목소리처럼 조그맣게 고개를 끄덕였다.

그녀는 내 입술에서 손가락을 떼고, 이번에는 그 손가락을 내 손목 위에 놓았다.

"그런 걸 메스로 절개해보고 싶어요. 사체 말고요. 죽음의 덩어리 같은 거요. 그런 게 어딘가에 있지 않을까 하는 생각이 들어요. 소프트볼처럼 둔하고, 부드럽고, 신경이 마비된 것. 그걸 죽은 사람의 몸속에서 꺼내 절개해보고 싶어요. 늘 생각해요. 그 안은 어떨까 하고요. 마치 치약이 튜브 속에서 뭉쳐 있듯이, 뭔가가 마구 엉켜서 덩이져 있지 않을까요? 그렇게 생각하지 않아요? 아니, 괜찮아요, 대답하지 마세요. 온통 흐물흐물한 것이 내부로 들어갈수록 점점 딴딴해질 거예요. 그래서 나는 먼저 겉껍질을 절개해 안의 흐물흐물한 것을 꺼내고, 메스와 구둣주걱 같은 것으로 그 흐물흐물한 것을 갈라놓을 거예요. 그러면 안쪽에서 그 흐물흐물한 것이 점점 딴딴해지다가, 작은 심지같이 되겠죠. 볼베어링의 볼처럼 작지만 아주 단단하게요. 그런 느낌 들지 않아요?"

소녀는 두세 번 조그맣게 기침을 했다.

"요즘 계속 그런 생각을 해요. 아마 하루하루가 한가해서겠죠. 정말 그런 것 같아요. 한가하니까 생각이 점점 깊숙이 파고들어요. 생각이 너무 멀리까지 가니까 그 뒤를 제대로 좇아가질 못하겠더라고요."

그리고 소녀는 내 손목에서 손가락을 떼고 잔을 들어 남은 콜라를 마셨다. 얼음 소리로 잔이 비었다는 것을 알 수 있었다.

"괜찮아요. 눈을 똑똑히 뜨고 고양이가 지나가는지 잘 보고 있으니까. 걱정하지 마세요. 와타나베 노보루가 보이면 확실히 알려드릴게요. 그러니까 그대로 가만히 눈을 감고 계세요. 와타나베 노보루는 지금쯤 분명 이 주변을 돌아다니고 있을 거예요. 고양이들은 모두 같은 곳을 돌아다니는 법이거든요. 틀림없이 나타날 거예요. 상상하면서 기다려보세요. 와타나베 노보루는 지금 이리로 다가오고 있다 하고요. 수풀 사이를 지나 담 밑으로 빠져나와 어딘가에 멈춰 서서 꽃향내를 맡기도 하면서 조금씩 이쪽으로 다가오고 있다. 그런 모습을 떠올려보세요."

나는 시키는 대로 고양이의 모습을 머릿속에 떠올리려 했지만 실제로는 역광을 받은 사진처럼 아주 희미한 모습만 떠오를 뿐이었다. 강렬한 햇빛이 눈꺼풀을 뚫고 들어와 어둠을 불안정하게 퍼뜨려, 아무리 애써도 고양이의 모습을 정확히 그려낼 수 없었다. 내가 떠올릴 수 있는 와타나베 노보루의 모습은 마치 실패한 초상화처럼 어딘지 모르게 삐뚤어지고 부자연스러웠다. 특징은 닮았지만 중요한 부분이 완전히 빠져 있다. 나는 이제 와타나베 노보루가 어떻게 걷는지조차 생각나지 않았다.

소녀는 내 손목에 한 번 더 손가락을 올리고 이번에는 살그머니 그 위에 뭔가 모양 같은 것을 그렸다. 일정한 형태가 없는 기묘한 도형이었다. 그녀가 내 손목에 그 도형을 그리자, 그것에 호응하듯이 지금까지 있었던 것과는 다른 종류의 어둠이 내 의식 안으로 파고들어오는 것 같았다. 아마 나는 자고 싶었던 모양이다, 하고 생각했다. 졸리지는 않았지만, 이제 어떻게 해도 그것을 억누르기는 불가능했다. 완만한 커브를 그리는 캔버스 천 접의자 위에서 내 몸은 끔찍할 만큼 무겁게 느껴졌다.

그런 어둠 속에서 나는 와타나베 노보루의 네 다리만 떠올렸다. 고무처럼 볼록하고 폭신한 발바닥을 가진 네 개의 소리 없는 갈색 다리. 그런 발이 소리도 없이 어느 지면을 내딛고 있다.

어디에 있는 지면이지?

그러나 그것은 나도 몰랐다.

당신의 머릿속 어딘가에 치명적인 사각지대가 있다고 생각하지 않으세요? 하고 여자는 조용히 말했다.

눈을 떴을 때 나는 혼자였다. 옆에 바싹 붙어 있는 의자에 소녀의 모습은 없었다. 타월과 담배와 잡지는 그대로였지만, 콜라 잔과 카세트는 보이지 않았다.

해는 서쪽으로 기울었고, 소나무가 드리우는 그늘이 내 몸을 복사뼈까지 푹 덮고 있었다. 시곗바늘은 세시 사십분을 가리켰다. 나는 빈 깡통을 흔들듯이 몇 번이나 머리를 흔들며 의자에서 일어나 주위를 둘러보았다. 주변 풍경은 처음 보았을 때와 똑같았다. 넓은 잔디밭, 말라붙은 연못, 울타리, 새의 석상, 양미역취, 텔레비전 안테나. 고양이는 보이지 않는다. 그리고 소녀도.

나는 그늘진 잔디밭에 앉아 손바닥으로 초록빛 잔디를 만지작거리면서 고양이가 지나다니는 길을 바라보며 소녀가 다시 오기를 기다렸다. 그러나 십 분이 지났지만 고양이도 소녀도 나타나지 않았다. 주위에는 움직이는 그 어떤 것의 기척도 없었다. 대체 어떡해야 좋을지 나는 잘 판단이 서지 않았다. 잠을 자는 동안 왠지 나이를 끔찍이 많이 먹어버린 것 같은 느낌이었다.

나는 다시 한번 일어서서 안채 쪽을 보았다. 그러나 그곳에도 인기척은 없었다. 들창의 유리가 석양을 받아 눈부시게 빛나고 있을 뿐이었다. 나는 어쩔 수 없이 잔디밭을 가로질러 골목으로 나와 집으로 돌아왔다. 결국 고양이는 찾지 못했지만, 그래도 어쨌든 할 만큼은 했다.

집에 돌아온 나는 마른 빨래를 걷고, 간단히 식사 준비를 했다. 그리고 거실 바닥에 앉아 벽에 기댄 채 석간신문을 읽었다. 다섯시 반에 전화벨이 열두 번 울렸지만 나는 수화기를 들지 않았다. 벨이 끊어진 뒤에도 그 여운은 얕은 어둠이 깔린 방안에 먼지처럼 떠돌았다. 탁상시계가 그 단단한 손톱 끝으로 공간에 떠 있는 투명한 판을 두드리고 있었다. 마치 기계로 만들어진 세상 같군, 하고 나는 생각했다. 하루에 한 번 태엽 감는 새가 찾아와 세상의 태엽을 다 감아놓고 간다. 그리고 나 혼자 그런 세상에서 나이를 먹고, 하얀 소프트볼 같은 죽음을 부풀려가는 것이다. 토성과 천왕성 사이에서 내가 푹 잠든 동안에도 태엽 감는 새들은 제대로 그 직분을 수행하고 있다.

태엽 감는 새에 관한 시를 지어보면 어떨까 하고 나는 문득 생각했다. 그러나 아무리 생각해봐도 첫 구절조차 떠오르지 않았다. 그리고 무엇보다 여고생들이 태엽 감는 새에 대한 시를 읽고 좋아할 것 같지 않았다. 그녀들은 아직 태엽 감는 새의 존재조차 알지 못한다.

아내가 돌아온 것은 일곱시 반이었다.

"미안해, 야근하느라고." 그녀는 말했다. "아무리 찾아도 학생 한 명의 수업료 납입 영수증이 안 보여서. 아르바이트하는 여자아이가 대충 한 탓이긴 하지만 일단은 내 책임이니까."

"괜찮아." 나는 말했다. 그리고 주방에 서서 생선 버터구이와 샐러드와 된장국을 만들었다. 그동안 아내는 주방 테이블에서 석간신문을 읽고 있었다.

"참, 다섯시 반쯤 집에 없었어?" 그녀가 물었다. "조금 늦어질 것 같아서 전화했거든."

"버터가 떨어져서 사러 갔었어." 나는 거짓말을 했다.

"은행에는 갔다 왔어?"

"물론." 나는 대답했다.

"고양이는?"

"못 찾았어."

"그래." 아내는 말했다.

식사 후 욕실에서 나오자, 아내는 전등을 끄고 거실의 어둠 속에 동그마니 앉아 있었다. 회색 셔츠를 입고 어둠 속에 꼼짝 않고 웅크리고 앉은 그녀는 마치 누가 버리고 간 짐짝처럼 보였다. 나는 그녀가 몹시 안쓰러웠다. 그녀는 잘못된 장소에 놓인 것이다. 다른 장소에 있었더라면 더 행복했을지 모르는데.

나는 목욕타월로 머리를 닦고 그녀의 맞은편 소파에 앉았다.

"왜 그래?" 나는 물었다.

"고양이는 분명히 벌써 죽었을 거야." 아내는 말했다.

"설마." 나는 말했다. "어딘가에서 놀고 있을 거야. 그러다 배가 고프면 돌아오겠지. 전에도 한 번 그랬잖아. 고엔지에 살 때도—"

"이번에는 달라. 난 알아. 고양이는 죽어서 어딘가의 풀숲에서 썩고 있을 거야. 빈집 정원의 풀숲도 뒤져봤어?"

"이봐, 그만해. 아무리 빈집이라지만 남의 집이야. 그렇게 멋대로 들어갈 수는 없다고."

"당신이 죽인 거야." 아내는 말했다.

나는 한숨을 쉬며 목욕타월로 다시 머리를 닦았다.

"당신이 고양이를 죽인 거야." 어둠 속에서 그녀는 되풀이했다.

"잘 모르겠군." 나는 말했다. "고양이는 제 발로 나간 거야. 내 탓이 아냐. 그 정도쯤은 당신도 알잖아?"

"당신, 원래 고양이를 별로 좋아하지 않았잖아?"

"그야 그럴지도 모르지." 나는 인정했다. "적어도 당신만큼은 그 고양이를 좋아하지 않았을지도 몰라. 하지만 나는 그 고양이를 괴롭힌 적도 없고, 매일 밥도 제때 챙겨줬어. 내가 밥을 줬다고. 특별히 좋아하지 않는다고 해서 내가 고양이를 죽였다는 건 말도 안 돼. 그렇게 말하자면 세상 사람들 대부분도 내가 죽인 거겠네?"

"당신은 그런 사람이야." 아내는 말했다. "언제나언제나 그래. 스스로는 손 하나 까딱하지 않고 많은 것들을 죽였어."

나는 무슨 말인가 하려 했지만, 그녀가 울고 있는 것을 알고 그만두었다. 그리고 욕실 빨래 바구니에 목욕타월을 던져놓고 주방에 가서 냉장고의 맥주를 꺼내 마셨다. 엉망진창인 하루였다. 엉망진창인 해의, 엉망진창인 달의, 엉망진창인 날이었다.

와타나베 노보루, 너는 어디에 있느냐? 하고 나는 생각했다. 태엽 감는 새는 네 태엽을 감지 않았더냐?

마치 시구절 같군.

와타나베 노보루
너는 어디에 있느냐?

태엽 감는 새는 네 태엽을

감지 않았더냐?

맥주를 반쯤 마셨을 때 전화벨이 울리기 시작했다.

"받아." 나는 거실의 어둠을 향해 소리쳤다.

"싫어. 당신이 받아." 아내도 되받아쳤다.

"받기 싫어." 나는 말했다.

아무도 받지 않는 전화는 계속 울렸다. 벨은 어둠 속에 떠도는 먼지를 둔하게 휘저었다. 나도, 아내도, 그사이 한 마디도 입을 떼지 않았다. 나는 맥주를 마시고 아내는 소리 죽여 계속 울었다. 나는 스물네 번까지 벨소리를 세었지만, 그다음부터는 포기하고 맘대로 울리게 내버려두었다. 언제까지 그런 걸 세고 있을 수는 없다.

식인 고양이

항구에서 신문을 샀더니 세 마리 고양이에게 먹힌 노부인 이야기가 실려 있었다. 아테네 근교의 작은 마을에서 생긴 일이다. 죽은 노부인은 일흔 살로, 다른 가족 없이 아파트에서 세 마리 고양이와 조용히 살았다고 한다. 그런데 어느 날 갑자기 심장발작인가 뭔가로 쓰러져 소파에 엎드린 채 숨을 거두었다. 쓰러지고 나서 숨을 거둘 때까지 얼마나 걸렸는지는 알 수 없다. 어쨌든 그대로 죽었다. 노부인에게는 정기적으로 찾아오는 친척이나 가까운 친구도 없어서 쓰러진 후 사체가 발견될 때까지 일주일쯤 걸렸다.

창문도 현관문도 꼭꼭 닫힌 채 주인이 죽었으니 고양이들은 밖으로 나갈 수가 없었다. 집안에 음식이라고는 아무것도 없었다.

물론 냉장고 안에는 뭐라도 먹을 게 들어 있었겠지만 안타깝게도 고양이는 냉장고 문을 열 재주가 없다. 배를 곯을 대로 곯은 고양이들은 허기를 참다못해 죽은 주인의 살을 먹기 시작했다.

나는 카페 테이블 맞은편에 앉아 있는 이즈미에게 그 기사를 읽어주었다. 맑은 날이면 항구까지 걸어가 아테네에서 발행되는 영자 신문을 산 뒤, 세관 사무실 옆 카페에서 커피를 시켜놓고, 재미있는 기사가 보이면 내가 대략 번역해서 읽어주는 것이 이 섬에서 우리의 작은 일과였다. 그리고 만약 그 기사가 조금이라도 흥미로우면 그에 관해 같이 의견을 나누었다. 그녀는 영어가 꽤 유창했으니 마음만 먹으면 직접 신문을 읽을 수 있었을 것이다. 그러나 나는 그녀가 신문을 손에 든 모습을 한 번도 본 적이 없다. "나는 누가 뭘 읽어주는 게 좋아." 이즈미는 말했다. "어릴 때부터 그랬어. 볕이 좋은 곳에 앉아 누가 옆에서 무언가 읽어주면—그게 뭔지는 상관없어. 신문이든 교과서든 소설이든—하늘이나 바다를 보면서 가만히 듣는 게 내 꿈이었어. 그렇지만 지금까지 나를 위해 그래준 사람은 한 명도 없었지. 그걸 당신이 지금 메워주는 것 같아. 게다가 당신 목소리도 정말 좋고."

그곳에는 하늘이 있고 바다가 있었다. 그리고 다행히(라고 해야 할까), 누군가에게 뭔가를 읽어주는 일은 전혀 힘들지 않았다. 일본에서는 아들에게 곧잘 그림책을 읽어주었다. 소리 내어 글을 읽으면 눈으로 좇을 때와 다른 뭔가가 머릿속에 끓어오르곤 했다. 거기에는 독특한 울림이 있고, 뿌듯함이 있었다. 그리고 뭔지 몰라도 멋진 일처럼 느껴졌다.

나는 이따금 작은 잔에 든 쓴 커피를 홀짝거리면서 그 기사를 천천히 읽어내려갔다. 몇 줄 읽고 나면 잠시 머릿속으로 그 영어 문장을 일본어로 번역해 음미한 뒤 소리 내어 읽었다. 어디선가 벌 몇 마리가 날아와 앞선 손님이 흘리고 간 잼을 바삐 핥아댔다. 벌들은 한참 잼을 핥더니 갑자기 생각난 듯 공중으로 날아올라 무슨 의식처럼 날갯소리를 내면서 주위를 돌다가 다시 생각난 듯 테이블로 돌아왔다. 이즈미는 내가 그 기사를 끝까지 읽고 나서도 테이블 위에 팔꿈치를 짚은 채 꼼짝 않고 이어질 이야기를 기다렸다. 오른손의 다섯 손가락으로 왼손의 다섯 손가락 끝을 꼭 포개고. 나는 신문을 무릎 위에 내려놓고 그녀의 긴 열 손가락을 잠시 바라보았다. 그녀는 손가락 사이로 내 얼굴을 보고 있었다. "그래서?" 그녀가 물었다.

"그게 다야." 나는 대답하고 타블로이드 신문을 넷으로 접었다. 그리고 바지 주머니에서 손수건을 꺼내 입술에 묻은 커피를 닦았다. "여기에는 그것밖에 안 쓰여 있어."

"그 고양이들은 나중에 어떻게 됐을까?"

나는 그녀의 얼굴을 보고 손수건을 주머니에 넣었다. "몰라.

그런 얘기는 전혀 안 나와 있는걸."

이즈미는 입술을 옆으로 조금 삐죽였다. 그녀의 버릇이었다. 뭔가 의견을 말하려 할 때(그것은 대부분 짧은 성명聲明의 형식을 띠었다) 그녀는 언제나 주름진 시트를 한쪽으로 당겨 펴듯이 입술을 얼굴 끝으로 쭉 당겼다. 처음 그녀를 만났을 때 그 버릇이 몹시 매력적으로 보였었다. "신문이란 전 세계 어딜 가도 마찬가지네. 정말로 알고 싶은 건 안 나와 있어."

그녀는 새로 산 세일럼 갑에서 한 개비를 꺼내 물고 성냥으로 불을 붙였다. 그녀는 하루에 딱 한 갑을 피운다. 아침에 새 갑을 뜯고 그날중에 다 피워버린다. 나는 한 개비도 피우지 않는다. 오년 전쯤 아내가 임신했을 때 그녀의 요구로 끊었다.

"내가 알고 싶은 건." 그녀는 담배 연기를 공중에 조용히 날린 뒤 말했다. "그 고양이들이 대체 어떤 처분을 당했는가 하는 거야. 인육을 먹었다는 이유로 죽였을지. 아니면 '너희도 참 고생이 많았구나' 하고 머리를 쓰다듬어주고 무죄방면했을지. 어느 쪽일 것 같아?"

나는 테이블 위의 벌을 바라보면서 잠시 생각해보았다. 열심히 잼을 핥는 성실한 벌들의 모습과 노부인의 사체를 먹는 세 마리 고양이의 모습을 머릿속에서 포개보았다. 벌의 날갯소리를 덮듯이 멀리서 갈매기 울음소리가 들렸다. 불과 몇 초 사이 내

의식은 현실과 비현실의 경계를 헤맸다. 내가 지금 어디 있는지, 무엇을 하고 있는지, 그것을 지속적으로 파악하기가 힘들었다. 나는 심호흡을 하고 하늘을 바라본 뒤 이즈미를 보았다.

"짐작도 안 가는걸."

"생각해봐. 만약 당신이 그 마을의 촌장이나 경찰서장이었다면, 그 고양이들을 어떻게 처분했을까?"

"시설에 보내 갱생시키는 건 어떨까. 채식주의로 바꿔버리는 거야." 내가 말했다.

이즈미는 웃지 않았다. 그녀는 담배 연기를 들이마셨다가 천천히 내뿜었다. "내가 그 얘기를 듣고 떠올린 건, 중학교에 들어가자마자 들은 설교 내용이야. 말했던가? 나 육 년 동안 굉장히 엄격한 가톨릭 학교를 다녔거든. 초등학교까지는 일반 구립이었는데, 중고등학교는 거기로 다녔어. 입학식이 끝난 뒤에 수녀님 말씀이 있었어. 높은 수녀님이 신입생 전원을 모아놓고 연단에서서 가톨릭 교리를 설파했지. 많은 이야기를 들었지만 가장 기억에 남는 건—실은 그것 말고는 기억나는 게 없지만—고양이와 함께 무인도에 떠내려간 이야기야."

"그거 재미있겠네." 나는 말했다.

"당신은 배가 난파되어 무인도에 다다랐다. 보트에 탄 건 당신과 고양이 한 마리. 간신히 섬에 도착했지만 먹을 만한 게 아무것도 없다. 보트 안에는 한 사람이 열흘 정도 버틸 만큼의 음료수와 마른 빵뿐이다. 그런 이야기였어. 그리고 수녀님은 모두에게 질문했어. '자, 여러분, 내가 그런 처지라고 상상해보세요. 눈을 감고 머릿속에 그려보는 거예요. 고양이와 함께 무인도에 있습니다. 식량은 거의 없어요. 식량이 떨어지면 여러분은 죽을 수밖에 없습니다. 알겠습니까? 배가 고프고 목이 말라서 죽어버릴 거예요. 그럴 때 여러분은 어떻게 하겠어요? 얼마 안 되는 식량을 고양이에게 나눠주겠어요? 아뇨, 그래선 안 됩니다. 잘못된 짓이에요. 여러분은 고양이에게 먹을 것을 나눠주면 안 돼요. 왜냐하면 여러분은 신에게 선택받은 고귀한 존재이고, 고양이는 그렇지 않기 때문이죠. 그러니까 그 빵은 여러분이 혼자서 다 먹어야 합니다.' 수녀님은 진지한 얼굴로 말했어. 그 얘기를 듣고 깜짝 놀랐지 뭐야. 굳이 그런 얘길 입학식 날부터 아이들한테 해줄 건 없잖아. 기가 막힌 곳에 왔구나 싶었다니까."

나와 이즈미는 그리스의 작은 섬에서 주방이 딸린 조그만 방을 빌려 살고 있었다. 비수기였고 원래 그리 유명한 관광지도 아니어서 월세는 비싸지 않았다. 나나 이즈미나 그리스에 오기 전까지 그 섬의 이름조차 들어본 적 없었을 정도다. 섬은 터키와의 국경에 가까워서 맑게 갠 날에는 바다 너머 터키 본토의 푸른 산이 보였다. 그리스인들은 바람이 세찰 때는 케밥 냄새가 이쪽까지 난다며 농담을 했다. 그러나 그것이 농담으로 들리지 않을 만큼 소아시아는 바로 우리 눈앞에 있었다. 어쨌든 가장 가까운 그리스의 이웃 섬보다 터키 쪽 해안이 더 가까울 정도였으니까.

항구 광장에는 그리스 독립전쟁 영웅의 동상이 서 있었다. 그는 본토의 봉기에 호응해 이 섬을 점령한 터키군에게 과감히 반란을 꾀했지만 결국 잡혀서 말뚝형에 처해졌다. 터키인은 항구 광장에 뾰족한 말뚝을 세우고 그 가엾은 영웅을 알몸으로 내리꽂았다. 몸의 무게로 말뚝이 항문부터 천천히 들어가 결국 입까지 삐져나왔는데, 완전히 숨이 끊어지기까지 아주 오랜 시간이 걸렸다. 동상은 바로 그 말뚝이 있던 자리에 세워졌다고 한다. 처음 세워졌을 무렵에는 아마 훌륭하고 믿음직스러웠겠지만, 바닷바람이며 먼지며 갈매기 똥 등 피할 수 없는 시간의 흐름이 가져다준 갖가지 마모 탓에 지금은 얼굴도 거의 알아볼 수 없었다. 섬에 사는 누구도 그 지저분하고 초라한 동상을 거들떠보지 않았고, 동상도 섬이며 나라며 세계가 어찌되든 더는 알 바 아니라는 듯 보였다. 우리는 동상 앞 야외 카페에서 커피나 맥주를 마시며 항구의 배와 갈매기들, 멀리 보이는 터키 산맥을 바라보면서 하염없이 시간을 보냈다. 이곳은 말 그대로 유럽 세계의 끝이었다. 그곳에선 세계의 끝의 바람이 불고, 세계의 끝의 파도가 일고, 세계의 끝의 냄새가 풍겼다. 좋든 싫든 한 세계의 끝이란 그런 것이었다. 그곳에는 피할 수 없는 어떤 퇴영退嬰의 색채가 있었다. 거기서 나는 이물의 영역에 조용히 삼켜지는 느낌을 받았다. 말단 너머에 있는 어딘가 막연한, 그러면서 기묘하게 친절한 이물이었다. 항구에 무리 지은 사람들의 얼굴과 눈빛, 피부색에서도 어딘지 모르게 그 이물의 그림자가 느껴지곤 했다.

이따금 내가 이런 곳에 소속되어 있다는 사실이 잘 믿기지 않았다. 주위 풍경을 아무리 둘러보아도, 공기를 아무리 들이마셔도, 나라는 인간의 존재와 유기적으로 연결지을 수가 없었다. 난 대체 이런 데서 뭘 하고 있나 싶었다.

불과 두 달 전까지 나는 아내와 네 살배기 아들과 셋이서 우노키에 있는 3LDK 맨션에 살고 있었다. 그리 넓지는 않지만 그럭저럭 쾌적한 집이었다. 부부 침실과 아이 방을 두고, 남은 방 하나를 내 서재로 썼다. 전망도 좋고 조용했다. 주말에는 셋이서 다마가와 강 둔치를 산책했다. 봄이 되면 제방을 따라 벚꽃이 피었다. 자전거에 아들을 태우고 요미우리 자이언트의 2군 선수가 연습하는 장면을 구경 가기도 했다.

나는 단행본과 잡지 디자인 및 레이아웃을 전문으로 하는 중견 디자인 사무실에 다녔다. 디자이너라 해도 일 자체는 매우 실무적이어서 그다지 화려하거나 창조적인 요소는 없었지만, 나는 그 직장이 그런대로 마음에 들었다. 아무런 불만 없이 매일 즐겁게 살았다는 건 아니다. 대체로 너무 바빴고, 밤샘 작업을 해야 할 때도 한 달에 몇 번이나 되었다. 어떤 일은 몹시 지루하기도 했다. 그러나 그곳은 비교적 평온하고 자유로운 분위기의 일터였다. 꽤 오래 다녀서 내가 맡을 일의 내용도 어느 정도 직접 선택할 수 있었고, 내 의견을 또렷하게 말할 수도 있었다. 보기 싫은 상사도, 짜증나는 동료도 없었다. 보수도 나쁘지 않았다. 그러니까 만약 아무 일도 없었더라면 나는 언제까지고 그곳에서 일했을 것이다. 그렇게 내 인생은 몰다우 강처럼(혹은 더 정확하게 표현해 몰다우 강에 포함된 이름 없는 물처럼) 모름지기 바다를 향해 도도히 흘러갔을 것이다. 그러나 나는 도중에 이즈미를 만났다.

이즈미는 나보다 열 살 어렸다. 그녀와는 일 문제로 알게 되었다. 우리는 첫 만남부터 서로가 몹시 마음에 들었다. 살다보면 아주 가끔이긴 하지만 그런 일이 일어난다. 우리는 일 때문에 두세 번을 더 만났다. 내가 그녀의 회사로 가기도 하고, 그녀가 우리 회사에 오기도 했다. 그러나 그리 긴 시간 자리를 함께하진 않았고 단둘이 만난 것도 아니었다. 특별히 개인적인 얘기를 한 것도 아니었다. 그러나 그 일이 끝나자 어쩐지 몹시 쓸쓸한 기분이 들었다. 나에게 없어서는 안 될 것을 불합리하게 빼겨버린 기분이었다. 그런 기분은 참으로 오랜만이었다. 이즈미도 아마 나와 같은 기분인 모양이었다. 일주일 정도 뒤 그녀가 사소한 용무로 회사에 전화를 걸어왔다. 우리는 가볍게 잡담을 나누었다. 내가 농담을 하고 그녀가 웃었다. 그리고 나는 괜찮다면 한잔하러 가지 않겠느냐고 청했다. 우리는 작은 바에 가서 술을 마시며 대화를 했다. 그때 무슨 얘기를 했는지는 거의 기억나지 않는다. 그러나 우리는 놀라울 정도로 말이 잘 통했다. 무슨 얘기를 해도 즐거웠고, 언제까지고 계속 얘기를 이어갈 수 있었다. 나는 그녀가 하려는 말을 손바닥 보듯이 잘 이해했고, 다른 사람에게 좀처럼 설명하지 못하던 것도 그녀에게는 스스로도 놀랄 만큼 정확하게 설명할 수 있었다. 나도 그녀도 기혼이었고, 가정생활에 특별히 불만은 없었다. 그리고 둘 다 결혼 상대를 사랑하고 존중했다. 그러나 내 경험에 비춰봤을 때, 한 인간이 자신의 기분을 고스란히 전할 수 있는 상대를 만날 기회는 놀랄 만큼 적다. 그것은 아마 기적이나 요행에 가까운 일인지도 모른다. 평생 단 한 사람도 그런 상대를 만나지 못하고 끝나는 예도 아마 얼마든지 있을 것이다. 그리고 아마 그런 만남은 세상 사람들이 일반적으로 생각하는 사랑과는 그리 관계없는 것이리라. 그것은 오히려 감응感應에 가까운 상황이라고 나는 생각한다.

그후 우리는 몇 번 단둘이 만나 술을 마시고 대화를 했다. 남편이 일 때문에 늦게 들어올 때가 많아서 그녀는 비교적 시간이 자유로웠다. 그러나 둘이서 얘기를 하다보면 눈 깜짝할 사이에 시간이 지나갔다. 문득 시계를 보면 마지막 전철 시간이 가까운 적도 종종 있었다. 그녀와 헤어질 때면 언제나 고통스러웠다. 나는 아직 할말이 남아 있었고, 그녀 역시 할말이 남아 있었다.

그리고 우리는 잤다. 딱히 어느 쪽의 요구가 아니라 아주 자연스럽게 그렇게 돼버렸다. 나나 그녀나 결혼 후 배우자가 아닌 누군가와 성적인 관계를 가진 적은 그때가 처음이었다. 그러나 우리는 죄책감 같은 것을 거의 느끼지 않았다. 그건 우리 두 사람에게 정말로 필요했으니까. 그녀의 옷을 벗기고 손가락으로 그 살결을 어루만지고 껴안고 그녀 안에 들어가 사정하는 행위는 지극히 자연스러운 우리 대화의 일부였다. 너무 자연스러워서 죄책감도 없거니와 가슴이 터질 듯한 육욕의 환희도 없었다. 그것은 온화하고 기분좋고 꾸밈없는, 있는 그대로의 행위였다. 그중에서 가장 멋진 것은 성교가 끝난 뒤 침대에서 조용히 나누는 대화였다. 그 시간은 정말로 근사했다. 나는 침대에서 그녀의 알몸을 껴안고, 그녀는 내 품에서 동그랗게 몸을 말고, 우리는 우리에게만 들리는 조용한 목소리로 두 사람만 아는 여러 이야기를 했다.

우리는 기회만 있으면 만났다. 만나서 술을 마시고 대화를 하고, 시간 여유가 있으면 잤고 없으면 대화만 하고 헤어졌다. 우리에게는 어느 쪽이든 상관없었다. 신기하게도(혹은 전혀 신기하지 않을지도 모르지만) 우리는 그런 관계가 언제까지고 계속될 거라 믿었다. 요컨대 결혼생활은 결혼생활대로 존재하고 우리 관계는 우리 관계대로 동시에 존재해, 그 둘 사이에 문제가 일어날 리 없다고 믿은 것이다. 우리가 이 관계를 가정생활에 끌고 들어가지 않을 거라 확신했기 때문이다. 확실히 우리는 성적인 관계를 가졌다. 그러나 그것이 대체 누구에게 구체적인 폐를 끼쳤단 말인가? 물론 나는 이즈미와 만난 날 밤에는 늦게 들어온 이유를 아내에게 둘러대야 했고, 그럴 때는 약간 꺼림칙하기도 했다. 그러나 실제로 우리는 누구도 배신하지 않았다. 나와 이즈미의 관계는 말하자면, 인생의 한정된 부분에서의 전면적인 접촉 같은 것이었다.

만약 그대로 별다른 일이 없었더라면 나와 이즈미의 관계가 과연 어떤 방향으로 흘러갔을지 잘 모르겠다. 어쩌면 우리는 언제까지고 둘이서 보드카토닉을 마시며 얘기하고, 어딘가의 호텔에 가서 자고, 그런 상태로 제법 잘 지냈을지도 모른다. 혹은 어느 정도 시간이 지난 뒤 각자 배우자에게 거짓말을 하는 데 지쳐서, 이 관계를 자연스럽게 소멸시키고 다시 평온한 가정생활로 돌아갔을지도 모른다. 어느 쪽이든 나쁜 방향으로는 나아가지 않았을 거라고 생각한다. 확신은 없지만 왠지 모르게 그런 느낌이 든다. 그러나 아주 우연한 계기로(아마도 언젠가는 반드시 일어났을 우연한 계기였다), 이즈미의 남편에게 우리 관계를 들켜버렸다. 이즈미를 추궁한 끝에 우리집까지 쳐들어왔을 때 그는 몹시 혼란스러워하고 흐트러져 있었다. 하필 그때 집에는 아내밖에 없었다. 덕분에 상황은 처참한 양상으로 치달았다. 아내는 내게 사정을 설명해달라고 했다. 이즈미가 전부 얘기해버린 뒤여서 속일 수도 없었다. 나는 있는 그대로 얘기하고 설명했다. 이것은 애정 같은 것과 관련이 없다고 설명했다. 아주 한정된 종류의 관계야. 이즈미와의 관계는 당신과 나의 관계와 전혀 성질이 달라. 전혀 다른 종류야. 그 증거로 나와 이즈미가 만난 뒤에도 당신은 전혀 그 사실을 느끼지 못했잖아, 하고. 그러나 아내는 내 말을 들으려 하지 않았다. 그녀는 몹시 충격을 받고 말 그대로 얼어붙어버렸다. 더는 나와 말도 섞으려 하지 않았다. 그리고 다음날, 필요한 물건을 챙겨 차에 싣고 아들과 함께 지가사키에 있는 친정으로 돌아가버렸다. 나는 몇 번이나 전화를 걸어보았지만 아내와는 결국 한 번도 통화하지 못했다. 장인이 받더니 시시한 변명은 일절 듣고 싶지 않으며 이런 비열한 사내놈한테 딸을 돌려보낼 수 없다고 했다. 원래 우리 결혼을 심하게 반대한 사람이라, 내 이럴 줄 알았다는 뉘앙스도 섞여 있었다.

어떻게 해야 좋을지 몰라 며칠 휴가를 얻어 혼자 집에 틀어박혀 있을 때 이즈미에게서 전화가 왔다. 그녀도 혼자였다. 그녀의 남편 역시(그러나 내 경우와 달리 이즈미를 엄청 두들겨 패고, 그녀의 옷을 코트부터 속옷까지 남김없이 가위로 갈기갈기 잘라 놓은 뒤에) 집을 나간 것이다. 어디로 갔는지도 몰랐다. 우린 이제 끝났어, 하고 그녀는 말했다. 완전히 끝났어, 돌이킬 수가 없어. 그 사람은 다시는 돌아오지 않을 거야. 그녀는 그렇게 말하더니 전화기를 들고 훌쩍훌쩍 울었다. 그녀와 남편은 고교 시절부터 연인이었다. 나는 위로하고 싶었지만 그럴 수도 없었다.

어디 가서 술이라도 마시자고 이즈미가 말했다. 우리는 시부야의 밤새 영업하는 바에서 연신 술을 마셨다. 나는 보드카 김렛을 마시고 그녀는 다이키리를 마셨다. 잔을 셀 수 없을 정도로 마셨다. 그러나 그날 밤 우리는 별로 말을 나누지 않았다. 날이 밝자 취기를 깨우려고 하라주쿠까지 걸어가 패밀리 레스토랑 '로열 호스트'에서 커피를 마시고 아침을 먹었다. 그때 이즈미가 그리스에 가자는 말을 꺼낸 것이다.

"그리스?"

"일본에 있어봐야 소용없잖아." 그녀는 내 얼굴을 빤히 들여다보며 말했다.

나는 그 말을 생각해보았다. 그러나 취기 탓에 머리가 잘 돌아가지 않아 그 말을 제대로 쫓아갈 수가 없었다. 그리스?

"난 예전부터 그리스에 한번 가보고 싶었어. 그게 꿈이었어. 신혼여행도 그리스로 가고 싶었지만 그때는 돈이 없어서 못 갔지. 우리, 지금 당장 둘이서 그리스에 가자. 그리고 거기서 아무 생각도 하지 말고 한동안 유유자적하게 살자. 이대로 일본에 있어봐야 우울해질 뿐이고, 어차피 변변한 일도 없을걸."

나는 그리스라는 나라에 특별히 흥미는 없었지만, 일본에 있어봐야 어차피 변변한 일이 없을 거란 말에는 완전히 동감했다. 나와 이즈미는 각자 가진 돈을 계산해보았다. 그녀는 250만 엔의 저금이 있었다. 나는 당장에 자유롭게 쓸 수 있는 돈이 150만 엔이었다. 합쳐서 400만 엔.

"400만 엔이면 그리스 시골에서 몇 년 정도 살 수 있을까." 이즈미가 말했다. "항공권 저렴한 걸로 둘이 40만 엔. 나머지가 360만 엔. 한 달에 10만 엔으로 생활하면 약 삼 년. 넉넉하게 이 년 반 정도려나. 괜찮지 않아? 가자. 나중 일은 그때 가서 생각하면 돼."

나는 주위를 둘러보았다. 이른 아침 '로열 호스트'는 젊은 남녀로 꽤 붐볐다. 서른이 넘은 사람은 아마 우리뿐일 것이다. 외도 사실을 들켜서 가정이 박살나고, 있는 돈을 다 챙겨 당장 그리스로 도망치자는 얘기를 나누는 건 틀림없이 우리뿐이었다. 맙소사. 나는 한동안 내 손바닥을 들여다보았다. 이 기묘한 상황이 정말로 내 인생일까.

"좋아." 나는 말했다. "가자."

나는 다음날 회사에 사표를 냈다. 사장은 어렴풋이 눈치채고 있었는지 일단 장기휴가로 처리해주었다. 회사 사람들은 내가 사표를 낸 사실에 깜짝 놀란 것 같았지만 특별히 나서서 말리는 사람도 없었다. 막상 해보니 별거 아니구나 싶었다. 버리려 해도 버릴 수 없는 것은 세상에 거의 없다. 아니, 전혀 없다고 해도 좋을지 모른다. 그리고 일단 버리기 시작하면 내친김에 모조리 버리고 싶어진다. 도박으로 가진 돈 대부분을 날린 사람이 자포자기해서 남은 돈을 다 써버리는 것과 같다. 어중간하게 갖고 있는 편이 더 성가신 것이다.

결국 내게 필요한 물건들은 샘소나이트 중형 여행가방에 전부 들어갔다. 나는 그걸 들고 이즈미와 둘이서 남쪽 여러 나라를 경유하는 비행기를 탔다. 그녀가 든 짐의 양도 나와 비슷했다.

이집트 상공을 날고 있을 때, 나는 불현듯 어느 공항에서 내 여행가방이 다른 사람 것과 뒤바뀌지 않을까 하는 공포에 휩싸였다. 아주 있을 수 없는 일은 아니었다. 내가 들고 온 파란색 샘

소나이트는 그야말로 전 세계에 몇만 개나 된다. 목적지에 도착해서 여행가방을 열어보니 남의 물건밖에 없더라, 하는 일도 얼마든지 있을 수 있다. 그런 생각이 들자 나 자신도 믿을 수 없을 만큼 엄청난 공포가 엄습했다. 만약 그 여행가방을 잃어버린다면, 이제 나와 내 인생을 연결할 수 있는 것은 이즈미 말고는 아무것도 없다. 그렇게 생각하니 나라는 인간의 실체를 잃어버린 듯한 기분이 들었다. 난생처음 경험하는 신기한 느낌이었다. 나라는 인간을 나라고 생각할 수 없는 것이다. 그 나는 진짜 내가 아니라, 내 모습을 한 다른 편의적인 무언가이다. 그러나 내 의식은 그것을 깨닫지 못하고 실수로 그 다른 나를 따라와버린 것이다. 내 의식은 몹시 당황했다. 일본으로 돌아가 원래 몸을 되찾아야 한다고 생각했다. 그러나 나는 비행기를 타고 이집트 상공을 날고 있었다. 돌아갈 도리가 없다. 지금 비행기 안에 있는 편의상의 내 몸이 벽토로 만들어진 것처럼 느껴졌다. 손톱으로 긁으면 호슬부슬 무너져내릴 것 같았다. 이윽고 몸이 부들부들 떨리기 시작했다. 그것을 억누를 수가 없었다. 이대로 계속 떨다간 분명 몸이 가루가 되어 낱낱이 무너져버릴 것이다. 에어컨이 가동되고 있었지만 온몸에 땀이 나 셔츠가 흠뻑 젖었다. 불쾌한 냄새가 났다. 그러는 동안 이즈미는 줄곧 내 손을 잡아주었다. 이따금 어깨를 안아주기도 했다. 그녀는 아무 말도 하지 않았다. 그러나 그녀는 내 마음을 아는 것 같았다. 삼십 분쯤 그 상태가 계속되었다. 나는 죽고 싶었다. 커다란 권총의 총구를 귓속에 들이밀고 방아쇠를 당기고 싶었다. 그리고 의식과 육체를 함께 가루로 만들어버리고 싶었다. 그것이 그때 나의 유일한 희망이었다.

그러나 그 떨림이 지나가자 갑자기 몸이 가벼워졌다. 나는 어깨 힘을 빼고 시간의 흐름에 몸을 맡겼다. 그리고 그대로 곤히 잠들었다. 눈을 뜨자 바로 아래 새파란 에게 해가 보였다.

그 섬에서의 우리 생활의 가장 큰 문제점은 해야 할 일이 거의 없다는 것이었다. 일거리도 없고, 타인과 교제도 없었다. 섬에는 영화관도 테니스장도 없었다. 읽을 책도 없었다. 너무 급히 떠나온 바람에 책을 가져올 생각을 미처 하지 못한 것이다. 내가 공항에서 산 소설책 두 권과 이즈미가 들고 온 아이스킬로스의 비극집을 두 번씩 읽고 나니 더는 읽을거리가 없었다. 항구의 매점에서 관광객을 위해 영어 페이퍼북을 몇 권 팔고 있었지만 읽고 싶은 건 거의 없었다. 책 읽기를 좋아하는 나로서는 이런 상황이 상당히 고통스러웠다. 시간이 나면 책이나 실컷 읽어야겠다고 항상 생각해왔는데, 우습게도 이곳에서는 그토록 시간이 많은데 읽을 책이 없는 것이다.

이즈미는 현대 그리스어 교과서를 가져와서는 그걸로 그리스어 공부를 했다. 동사 활용표를 만들어서 늘 들고 다니며, 틈만 나면 마치 주문을 외듯 그것을 읽었다. 장을 보러 가면 짧은 그리스어로 주인과 대화를 했다. 카페에 가면 웨이터와 대화를 했다. 덕분에 우리는 지인을 몇 명 만들 수 있었다. 그녀가 그리스어 공부를 하는 동안 나는 프랑스어를 다시 시작했다. 유럽에 있으니 프랑스어도 언젠가 도움이 될 거라 생각하고 시작했지만 이 작은 섬에서는 프랑스어를 쓰는 사람을 단 한 명도 본 적이 없다. 영어는 마을에서 그럭저럭 통했다. 노인 중에는 이탈리아어와 독일어를 아는 이도 있었다. 그러나 프랑스어만은 전혀 도움이 되지 않았다.

시간을 주체 못 해, 우리는 시종 주변을 산책했다. 항구에서 낚시도 해보았지만 아무리 기다려도 물고기가 잡히지 않았다. 물고기가 없어서가 아니다. 물이 너무 투명해서다. 그래서 물고기한테도 낚싯줄이며 낚시꾼 얼굴까지 전부 선명하게 보이는 것이다. 그럼에도 잡힌다면 어지간히 멍청한 물고기다. 나는 섬의 잡화점에서 스케치북과 휴대용 그림물감을 사서 산책길에 섬 풍경과 사람들의 모습을 그렸다. 이즈미는 옆에서 내 그림을 구경하기도 하고, 그리스어 문법을 복습하기도 했다. 내가 스케치를 하고 있으면 그리스인들도 곧잘 보러 왔다. 심심풀이로 초상화를 그려주자 그들은 몹시 기뻐했다. 그림을 주니 사례로 나와 이즈미에게 맥주를 사주었다. 어떤 낚시꾼은 문어를 한 마리 주었다.

"당신 초상화 그리기로 돈 벌어도 되겠네." 이즈미가 말했다. "솜씨도 괜찮은데다 일본인이 그려준다는 게 신기해 보일 테니 제법 쏠쏠하지 않을까?"

나는 웃었지만 이즈미의 얼굴은 그것이 아주 농담만은 아님을 말하고 있었다. 나는 내가 그리스의 섬을 돌아다니며 사람들의 초상화를 그리고 동전을 받거나 맥주를 얻어 마시는 모습을 떠올려보았다. 그런 모습을 상상해도 별로 위화감이 없었다. 그건 그것대로 나쁘지 않겠다고 생각할 정도였다. 원래도 그림 그리기를 좋아해서 미대에 들어간 거였으니까.

"나는 여기서 일본인 상대로 코디네이터 같은 일을 해도 괜찮을 것 같아. 앞으로 일본인 관광객이 점점 늘어날 테니 먹고살 정도는 될 거야. 그러려면 일단 그리스어를 마스터해야겠지." 이즈미가 말했다.

"어쨌든 이 년 반은 아무것도 하지 않고 지낼 수 있지?" 내가 물었다.

"아무 일도 없다면. 가령 도둑을 맞는다거나, 병이 난다거나 하지 않으면 그렇지. 그러면 이 년 반은 어떻게든 버틸 수 있을 거야. 그런데 만일을 생각해서 지금부터 준비해둬야 하지 않을까 싶어." 이즈미가 말했다.

나는 지금까지 병원 신세를 진 적이 없다. 그래서 이즈미에게 그렇게 말했다.

이즈미는 내 얼굴을 잠시 물끄러미 바라보았다. 그리고 입술을 꾹 다물고 살짝 옆으로 당겼다. "혹시 말이야" 하고 그녀가 말했다. "혹시 내가 임신하면, 당신 어떻게 할 생각이야? 아무리 피임해도 실수란 게 있잖아. 만약 그렇다면 이 정도 돈은 눈 깜짝할 사이에 없어질걸."

"그러면 일본으로 돌아가면 되지." 내가 말했다.

"당신은 모르는 것 같은데, 우린 이제 일본으로 돌아가지 않아." 이즈미는 조용한 목소리로 말했다.

그렇게 이즈미는 그리스어 공부를 계속하고, 나는 스케치를 계속했다. 아마 내 인생에서 가장 고요한 시기였을 것이다. 우리는 소박한 식사를 하고, 싸구려 와인을 아껴가며 마셨다. 매일 근처 산에 올라갔다. 산 위에는 작은 마을이 있고 그곳에서 멀리 섬이 보였다. 자세히 보면 터키의 항구도 보였다. 깨끗한 공기와 적절한 운동 덕에 몸 상태는 무척 좋았다. 해가 저물면 주위에 아무 소리도 들리지 않았다. 그런 고요 속에서 나와 이즈미는 은밀히 껴안았다. 그리고 나직하게 많은 이야기를 했다. 우리는 마지막 전철 시간을 신경쓸 필요도 없었고, 아내나 남편에게 거짓

말할 필요도 없었다. 그것도 나름대로 멋진 일이었다. 그렇게 조금씩 가을이 깊어가고, 계절은 이윽고 초겨울로 바뀌었다. 바람이 세찬 날이 늘고 바다에도 조금씩 흰 파도가 일었다.

우리가 그 식인 고양이 기사가 실린 신문을 읽은 것은 그 무렵이었다. 다른 면에는 일왕의 병세가 악화했다는 기사도 실려 있었다. 그러나 우리가 신문을 사는 것은 환율을 알기 위해서였다. 엔 대 드라크마 환율은 여전히 엔고로 진행되고 있었다. 엔이 오르면 우리 수중의 돈도 따라서 증가하니까, 이건 우리에게 무엇보다 중대한 문제였다.

"고양이 하니 생각나는데." 나는 식인 고양이 이야기가 신문에 실린 며칠 뒤 이즈미에게 말했다. "어릴 때 키우던 고양이가 이상하게 사라진 적이 있어."

이즈미는 그 이야기에 흥미를 느낀 것 같았다. 그녀는 동사 활용표에서 얼굴을 들고 나를 보았다. "어떻게?"

"초등학교 2학년 때인가 3학년 때 얘기야. 그 무렵 나는 꽤 넓은 정원이 있는 사택에 살았어. 정원에는 오래된 소나무가 있었지. 올려다봐도 가지 끝이 잘 보이지 않을 만큼 키가 큰 소나무였어. 하루는 내가 툇마루에 앉아 책을 읽고 있는데, 집에서 키우던 삼색고양이가 정원에서 혼자 놀고 있더라고. 왜 고양이들이 잘 그러잖아, 혼자 깡충깡충 점프했다가 날았다가. 고양이는 몹시 흥분해서 내가 보고 있는 줄도 전혀 모르는 것 같았어. 나는 책 읽기를 그만두고 그 모습을 한참 지켜보았지. 고양이는 꽤 오랜 시간 그 짓을 계속했어. 마치 뭔가에 빙의된 것처럼, 아무리 지나도 그만두지 않는 거야. 깡충깡충 점프하고, 털을 곤두세우기도 하고, 뒤로 펄쩍 몸을 뒤집기도 했어. 지켜보는 동안 나는 점점 무서워졌어. 마치 고양이 눈에 내게는 보이지 않는 모습이 비쳐서, 그 때문에 흥분한 것 같았거든. 그러더니 동화 「지비쿠로 산책」에 나오는 호랑이처럼, 소나무 주위를 엄청난 기세로 뱅글뱅글 돌기 시작하는 거야. 그렇게 한바탕 돌고 나선 단숨에 나무 꼭대기까지 뛰어올라가버렸어. 올려다보니 저 위 나뭇가지 사이에 고양이 얼굴이 있었어. 여전히 몹시 흥분한 것 같았지. 고양이는 나뭇가지에 몸을 숨기고 뭔가 노려보고 있었어. 내가 이름을 불러도 들리지 않는 것 같더라고."

"고양이 이름이 뭐였어?" 이즈미가 물었다.

나는 그 이름이 생각나지 않아 잊어버렸어, 라고 말했다. "그러다 저녁 무렵이 가까워 주위가 점점 어두컴컴해졌어." 나는 말을 이었다. "무척 걱정돼서 줄곧 고양이가 내려오기를 기다렸지. 그런데 내려오질 않는 거야. 이윽고 해가 저물었고, 고양이는 그 길로 자취를 감춰버렸어."

"별로 신기할 것도 없네." 이즈미는 말했다. "고양이는 원래 그런 식으로 자취를 감춰. 특히 발정기에는. 흥분해서 돌아가는 길을 잊어버리는 거지. 분명 당신이 보지 않을 때 소나무에서 내려와서 그대로 어딘가 가버렸을 거야." 이즈미가 말했다.

"아마 그랬겠지." 나는 말했다. "그런데 그때는 아직 어렸으니까, 고양이가 그대로 소나무 위에서 사나보다 생각했어. 무슨 사정이 있어 아래로 내려오지 못하는 거라고. 그래서 매일 틈만 나면 툇마루에 앉아 소나무 가지를 올려다보았어. 가지 사이로 고양이가 얼굴을 내밀지 않을까 해서."

이즈미는 뒷이야기에는 전혀 흥미를 느끼지 못한 것 같았다. 그녀는 지루한 듯이 두 개비째 세일럼에 불을 붙였다. 그리고 문득 고개를 들더니 내 눈을 보았다.

"당신, 아들 생각은 해?" 그녀가 내게 물었다.

어떻게 대답해야 좋을지 몰랐다. "가끔." 나는 솔직하게 대답했다. "그렇게 자주는 아냐. 뭔가의 연상작용으로 잠깐 생각나는 정도지."

"보고 싶지 않아?"

"보고 싶을 때도 있지." 나는 말했다. 그러나 그것은 거짓말이었다. 그래야만 할 것 같아서, 의식적으로 그렇게 생각하려 할 뿐이었다. 같이 살 때는 몹시 귀여워했다. 늦게 집에 돌아가면 반드시 아들 방에 가서 얼굴을 보았다. 종종 뼈가 으스러져라 세게 안아주고 싶을 때도 있었다. 그러나 일단 떨어지고 나니 아들에 대해서 제대로 떠오르지 않았다. 그 표정이며 목소리며 몸짓이 어딘가 아득히 먼 곳에 있는 듯 느껴졌다. 생생하게 기억나는 것은 비누 냄새뿐이었다. 나는 곧잘 아들과 목욕하며 몸을 씻겨주었다. 아이들은 피부가 약해서 아내는 아들용으로 특별한 비누를 가져다놓았다. 내가 아들에 대해 떠올릴 수 있는 것은 그 비누 냄새뿐이었다.

"있지, 만약 일본에 돌아가고 싶어지면 당신 내킬 때 혼자 돌아가." 이즈미가 말했다. "난 신경쓰지 않아도 돼. 혼자서도 여기서 잘 지낼 수 있으니까."

나는 고개를 끄덕였다. 그러나 알고 있었다. 내가 이 여자를 남겨두고 혼자 일본에 돌아가진 않으리라는 것을.

"아들이 크면 당신을 아마 그런 식으로 기억하지 않을까." 이즈미가 말했다. "어느 날, 소나무 위로 뛰어올라가 영원히 사라져버린 고양이처럼."

나는 웃었다. "뭐, 대충 비슷하겠지."

이즈미는 재떨이에 담배를 비벼 껐다. 그리고 한숨을 쉬었다. "집에 들어가서 침대로 가지 않을래?" 그녀가 말했다.

"아직 아침이야." 내가 말했다.

"아침이면 안 될 거 있나?"

"별로 없네." 내가 말했다.

밤중에 잠이 깨서 보니 옆에 이즈미의 모습이 없었다. 나는 베갯머리의 시계를 보았다. 시곗바늘은 열두시 반을 가리키고 있었다. 손을 더듬어 테이블 위의 스탠드를 켜고 주위를 둘러보았다. 방은 필요 이상으로 정적에 감싸여 있었다. 내가 자는 동안 누가 와서 방안에 침묵의 가루를 듬뿍 뿌려놓고 간 것 같았다. 재떨이에는 꺾어진 세일럼 꽁초가 두 개 있었다. 그 옆에는 빈 담뱃갑이 구겨져 있었다. 나는 침대에서 나와 거실로 갔다. 그러나 거기에도 이즈미의 모습은 없었다. 주방에도 욕실에도 그녀는 보이지 않았다. 문을 열고 앞뜰을 내다보았다. 그러나 그곳에는 하얀 비닐의자 두 개가 덩그러니 달빛을 받고 있을 뿐이었다. 달은 멋진 보름달이었다. "이즈미" 하고 나는 조그맣게 불러보았다. 그러나 대답은 없었다. 나는 한 번 더, 이번에는 큰 소리로 불러보았다. 내 목소리의 크기에 심장이 두근거렸다. 그것은 내 목소리처럼 들리지 않았다. 너무 컸고, 톤도 어딘지 모르게 부자연스러웠다. 그러나 역시 대답은 없었다. 바다에서 불어오는 희미한 바람에 갈대가 흔들리는 것이 보였다. 나는 문을 닫고 주방으로 돌아와서, 마음을 진정시키기 위해 와인을 잔에 반쯤 따라서 마셨다.

선명한 달빛이 주방 창으로도 들어와 바닥과 벽에 기묘한 음영을 드리웠다. 그것은 전위극의 상징적인 무대 세트처럼 보였다. 그때 나는 문득 떠올렸다. 고양이가 소나무 위로 사라진 그날 밤도 구름 한 점 없는 보름달이었단 것을. 나는 그날 밤 저녁을 먹고 나서도 혼자 툇마루에 앉아 물끄러미 소나무 위쪽을 바라보고 있었다. 밤이 깊을수록 달빛은 음산할 정도로 강하고 선명해졌다. 어째선지 모르겠지만 나는 그 소나무 가지에서 눈을 뗄 수 없었다. 이따금 나뭇가지 사이에서 고양이 눈이 달빛을 받아 번쩍거리는 것 같았다. 그러나 그것은 내 착각일지도 몰랐다. 달빛은 때로 보이지 않는 것까지 보이게 만드는 법이니.

나는 두꺼운 스웨터를 입고, 청바지를 입었다. 그리고 테이블 위에 있던 잔돈을 주머니에 쑤셔넣고 밖으로 나왔다. 아마 이즈미는 종종 그러듯 잠이 오지 않아 혼자 밤 산책을 나갔을 것이다. 주위는 기묘하게 고요하고, 움직이는 것이라곤 없었다. 바람도 불지 않았다. 내 테니스화 고무창이 자잘한 돌멩이를 밟는 소리만 들릴 뿐이었다. 그 소리는 영화 사운드트랙처럼 다소 과장되게 울렸다. 아마도 이즈미는 항구에 갔을 거라고 짐작했다. 그 외에 갈 곳도 없다. 항구로 가는 길은 하나밖에 없으니, 그녀와 엇갈릴 우려는 없었다. 그 길에서 벗어나면 바로 산속으로 들어가버린다. 길가 집들의 불빛은 완전히 꺼졌고, 달빛이 지표면을 온통 은색으로 물들였다. 마치 바닷속 같은 풍경이군, 나는 생각했다. 항구까지 가는 길을 반쯤 걸었을 무렵 귓가에 희미하게 음악이 들린 듯한 기분이 들었다. 나는 걸음을 멈추었다. 처음에는 환청이라고 생각했다. 기압 변화로 이따금 들리는 이명 같은 것이라고. 그런데 가만히 귀를 기울이고 있으니 그 소리는 확실히 멜로디가 있는 것처럼 들렸다. 나는 숨을 멈추고 귀에 신경을 집중했다. 마치 나 자신의 몸속 어둠에 마음을 적시듯이. 틀림없어, 이건 음악이야, 나는 생각했다. 누군가가 실제로 악기를 울리는 소리다. 앰프나 스피커를 거치지 않은 진짜 소리다. 그것이 투명한 밤의 대기를 진동시켜 내 귀에 들린 것이다. 이게 뭐라는 악기였더라? 영화 〈그리스인 조르바〉에서 앤서니 퀸이 연주했던 만돌린과 비슷한 형태의 악기—부주키다. 그런데 이런 한밤중에 대체 누가 어디서 음악을 연주하는 걸까.

그 소리는 아무래도 산 위쪽에서 들려오는 것 같았다. 우리가 운동 삼아 매일 올랐던 작은 산 위의 마을 쪽에서. 나는 사거리에 멈춰 서서 어떻게 할지 잠시 생각해보았다. 어느 쪽으로 가야 할까. 이즈미도 나와 마찬가지로 이 장소에서 이 음악을 들었을 게 틀림없다고 생각했다. 그리고 만약 이 음악을 들었다면 그녀는 분명 그쪽으로 향했을 거라는 느낌이 들었다. 달빛 덕에 주위는 낮처럼 밝았고, 그 음악에는 뭔지 모르게 사람의 마음을 부추기는 울림이 있었기 때문이다.

나는 큰맘 먹고 사거리를 오른쪽으로 꺾어 산으로 완만하게 이어진 익숙한 언덕길을 올라갔다. 키가 큰 나무는 없고, 무릎까지 오는 마른 가시가 달린 식물이 바위 그늘에 남몰래 자라 있을 뿐이었다. 음악은 걸을수록 더 선명해지고 커졌다. 멜로디도 아까보다 또렷하게 들려왔다. 그 음악에는 어딘가 축제 같은 화려함이 있었다. 이 산 위 마을에서 무슨 잔치라도 열리고 있는 게 아닐까 상상했다. 그러다 문득 떠올렸다. 그래, 그 결혼식이다. 우리는 그날 항구 근처에서 떠들썩한 결혼식 행렬을 보았다. 아마 그 연회가 밤늦도록 이어지고 있는 것이리라.

그리고 나는 문득 자신을 잃었다.

그것은 달빛 탓일지도 모른다. 혹은 한밤중의 음악 탓일지도 모른다. 한 걸음 또 한 걸음 앞으로 걸어가는 사이, 나는 이집트 상공에서 느꼈던 것과 같은 깊은 자기상실의 유사流砂 속에 발을 들이고 말았다. 이 달빛 속을 걷는 나는 내가 아니었다. 그것은 진정한 내가 아니라 벽토로 만든 편의상의 나였다. 나는 손바닥으로 얼굴을 가만히 쓸어보았다. 그러나 그것은 내 얼굴이 아니었다. 그 손은 내 손이 아니었다. 내 심장이 쿵쿵 소리를 냈다. 그것은 미친 듯한 속도로 내 몸에 혈액을 보냈다. 내 몸은 벽토로 만든 토우였다. 서인도제도의 마술사가 그러듯 누군가가 주술을 부려 거기에다 가짜 생명을 불어넣은 것이다. 거기에는 생명의 불꽃이 없었다. 그곳에 있는 것은 편의상 겉으로 보이기 위한 근육의 움직임뿐이었다. 결국 그것은 제물로 사용하기 위해 임시로 만든 토우였다.

그럼 진짜 나 자신은 지금 어디에 있을까, 나는 생각했다. '진짜 당신은 이미 고양이한테 먹혔어.' 어딘가에서 이즈미의 목소리가 대답했다. '당신이 이러고 있는 동안, 진짜 당신은 배를 곯은 고양이들에게 우적우적 먹혔다니까. 뼈만 남도록 깨끗하게.' 나는 주위를 둘러보았다. 그러나 물론 환청이었다. 내 주위에 보이는 것은 돌투성이 지면에 자란 키 작은 식물과 그것들이 만들어낸 짧은 그림자뿐이었다. 그것은 내 머리가 멋대로 만들어낸 목소리였다. 나는 또 커다란 권총을 생각했다. 그 총구의 서늘함을 떠올렸다. 나는 내가 그 총구를 입안에 찔러넣고 방아쇠를 당기는 광경을 상상했다. 뇌와 뼈와 안구가 날아가버리는 광경을 상상했다. 그리고 그 순간 뒤에 찾아올 무섭도록 고요한 어둠을 상상했다.

어두운 생각은 그만두기로 했다. 큰 파도를 피할 때처럼 바다 밑에 잠겨 돌을 붙잡고 숨을 참는 것이다. 그러고 있으면 파도는 언젠가 지나간다. 너는 그저 지쳐서 신경이 들떠 있을 뿐이야.

현실을 붙잡아라. 뭐든 좋으니 현실을 붙잡고 있어. 나는 바지 주머니에 손을 넣어 동전을 꽉 쥐었다. 동전은 이내 땀으로 흠뻑 젖었다.

나는 뭔가 다른 생각을 하려고 애썼다. 나는 볕이 잘 드는 우노키의 맨션을 생각했다. 그곳에 남기고 온 레코드들을 생각했다. 나는 꽤 알찬 구성의 재즈 레코드 컬렉션을 갖고 있었다. 내 전문은 1950년대부터 1960년대 초기에 활동한 백인 피아니스트의 레코드였다. 레니 트리스타노부터 알 헤이그, 클로드 윌리엄슨, 루 레비, 러스 프리먼, 앙드레 프레빈 같은 피아니스트들의 리더 앨범을 차곡차곡 모아왔다. 대부분 이미 절판이라 그만한 수의 레코드를 모으는 데는 상당한 시간과 돈이 들었다. 나는 바지런하게 레코드점을 돌면서 나와 같은 컬렉터와 물물교환을 하며 조금씩 수를 늘려나갔다. 그들이 남긴 연주 대부분은 절대 일류라고는 할 수 없는 종류의 것이었다. 그러나 나는 그 낡고 곰팡내 나는 레코드가 전해주는 독특하고 친밀한 공기를 사랑했다. 온 세계가 일류만으로 성립한다면 그건 분명 재미없는 세상이리라는 것이 나의 조촐한 변명이었다. 나는 레코드 한 장 한 장의 재킷 디자인을 상세히 기억했다. 비닐판을 손에 들었을 때의 무게와 감촉도 선명히 떠올릴 수 있다.

그런데 지금은 그런 것들도 모두 사라져버렸다. 따져보면 내가 이 손으로 지워버린 셈이다. 이제 두 번 다시 그 레코드를 들을 수 없을 것이다.

그리고 나는 이즈미와 키스할 때의 담배 냄새를 떠올렸다. 나는 그녀의 입술과 혀의 감촉을 떠올렸다. 나는 눈을 감았다. 나는 이즈미가 옆에 있어주길 바랐다. 이집트 상공을 나는 비행기 안에서처럼 그녀가 줄곧 내 손을 잡아주길 바랐다.

그 거대한 파도가 겨우 내 위를 지나갔을 때, 음악도 사라졌다. 문득 정신을 차려보니 어느새 사라져 있었다. 그리고 고막이 아프도록 짙은 침묵이 주위를 압도하고 있었다. 달빛이 무표정하게 지표를 씻어내렸다. 나는 혼자 언덕 위에 서 있었다. 바다와 항구와 불빛이 사라진 마을과 달이 보였다. 하늘에는 여전히 구름 한 점 없었다. 풍경은 아무것도 바뀌지 않았다. 음악이 들려오지 않을 뿐이다.

그들이 갑자기 연주를 그만둔 것일까? 있을 수 없는 일은 아니었다. 시각은 이미 한시가 가까울 것이다. 어쩌면 그런 음악은 처음부터 존재하지 않았을지도 모른다. 그것도 전혀 있을 수 없는 일은 아니었다. 더는 내 청각에 자신이 없었다. 눈을 감고 한 번 더 몸속으로 의식을 가라앉혔다. 어둠 속에 추를 매단 가는 실을 살짝 늘어뜨려보았다. 그래도 역시 소리는 들리지 않았다. 잔향조차 없었다. 거기 있는 것은 무엇으로도 흐트러뜨릴 수 없을 만큼 깊은 침묵이었다.

나는 시계를 보려 했다. 그러나 손목에 시계가 없었다. 한숨을 쉬고 두 손을 주머니에 넣었다. 특별히 시간을 알고 싶은 건 아니었다. 나는 하늘을 올려다보았다. 달은 격심한 세월에 피부가 거칠어진 차가운 바윗덩어리였다. 그 표면에 떠오른 그림자는 의식의 바닥에 불길한 촉수를 뻗치는 암세포 같았다. 그것은 잠든 남자처럼 복수의 알갱이를 땅 위에 뿌렸다. 달빛은 소리를 부정하고, 사람의 마음을 어지럽혔다. 그리고 고양이를 지웠다. 아마 모든 것은 그날 밤부터 주도면밀하게 짜여 있었다고 나는 생각했다.

앞으로 나아갈지, 온 길을 돌아가야 할지 판단이 서지 않았다. 나는 생각하는 데 지쳐서 그 자리에 주저앉았다. 이즈미는 대체 어디로 가버린 걸까. 이즈미의 모습이 보이지 않는다는 것이 내게는 무척 큰 타격이었다. 만약 그녀가 이대로 모습을 감추고 두 번 다시 나타나지 않는다면, 앞으로 나 혼자 이 영문 모를 섬에서 어떻게 살아가야 할까. 여기 있는 건 그저 편의상의 나일 뿐인데. 그것이 어찌어찌 가짜 생명을 지켜온 것은 이즈미가 있기 때문이었다. 만약 그녀가 이대로 사라진다면 내 의식이 돌아가야 할 육체도 없어진다.

나는 배를 곯은 고양이들을 생각했다. 나는 그들이 진짜 나의 뇌를 파먹고, 내 심장을 갉아먹고, 피를 빨아먹고, 내 페니스를 탐하는 장면을 상상했다. 그들이 멀리 떨어진 곳에서 내 뇌수를 홀짝거리는 소리를 들을 수 있었다. 보들보들한 세 마리 고양이가 맥베스의 마녀처럼 내 머리를 둘러싸고 그 걸쭉한 수프를 마시고 있다. 그들의 까칠한 혀끝이 내 의식의 부드러운 주름을 핥았다. 한 번 핥을 때마다 내 의식은 불꽃처럼 흔들리다 스러져갔다.

이즈미의 모습은 어디에도 보이지 않았다. 그리고 음악도 더는 들리지 않았다.

아마 그들은 이미 연주를 마쳤을 것이다.

새로운 태도

『빵가게 재습격』

『빵가게 재습격』에 실린 여섯 편은 『세계의 끝과 하드보일드 원더랜드』를 출간한 뒤 1985년 봄부터 그해 말까지 쓴 것들이다. 전에도 말했을지 모르겠는데, 나는 비교적 짧은 기간에 단편을 한꺼번에 몰아 쓰는 편이다. 장편으로 힘을 탈진한 뒤 한동안 휴식을 취하고 한숨 돌렸을 즈음 집중적으로 단편이 쓰고 싶어진다. 그것까지 마치면 또 한동안 아무것도 하고 싶지 않은 시기가 오고(그런 시기에는 주로 번역을 한다. 그렇게 보면 번역은 내게 일종의 문학적 재활훈련 같은 역할이기도 하다), 그러고 나면 다시금 슬슬 장편을 쓰고 싶은 마음이 샘솟는다. 물론 그 사이클이 한 바퀴 회전하는 시간은 그때그때 다르지만 패턴은 대개 일정하다. 그러므로 내 단편에는 앞서 쓴 장편의 후산적後産的인 요소와 다음 장편의 태동적인 부분이 포함되어 있다고 볼 수 있다. 어떤 것은 후산적이고, 어떤 것은 태동적이고, 또 어떤 것에는 그 두 가지 요소가 함께 존재한다. 후산적이라는 것은 장편을 쓸 때 미처 하지 못했던 것을 단편에서 이뤄본다는 뜻이고, 태동적이란 다음 장편으로 이어지는 소재나 수법을 조금씩 시도해보는 것이다. 이렇게 말하면 자못 의식적이고 전략적으로 단편을 쓰는 것처럼 들리겠지만, 실제로 쓸 때는—정말 솔직한 이야기로—그 작품이 가질 의미 같은 것에 관해서는 거의 아무 생각도 없다. 내가 생각하는 건 그 이야기가 내 몸에 스며드는가 어떤가 하는 부분이다. 만약 몸에 스며들면 그것은 내게 의미 있는 이야기이고, 스며들지 않으면 내게 의미 있는 이야기가 아니다. 물론 잘 썼나 못 썼나 하는 것도 작품에서 아주 중요하지만, 내게는 그보다 이 스며드는가 스며들지 않는가 하는 문제가 우선적인 고려 대상이다.

각각의 작품을 게재한 잡지를 보니 「빵가게 재습격」이 『마리 끌레르』, 「코끼리의 소멸」이 『문학계』, 「패밀리 어페어」가 『LEE』, 「쌍둥이와 침몰한 대륙」이 『별책 소설현대』, 「로마제국의 붕괴 · 1881년의 인디언 봉기 · 히틀러의 폴란드 침입 · 그리고 강풍세계」가 『월간 가도카와』, 「태엽 감는 새와 화요일의 여자들」이 『신초』 하는 식으로 문예지와 상업지가 뒤죽박죽 섞여 있다. 잡지에 따라 쓰는 내용이 다르냐고 묻는다면 '아마 다소는 그렇다'고 대답해야 할 것이다. 이를테면 「패밀리 어페어」는 '여성 독자를 염두에 두고는 있지만, 여성지에 게재되는 일반 소설과는 조금 성질이 다른 소설'이라는 이미지를 갖고 썼다. 이것이 『LEE』의 독자들에게 어떻게 받아들여졌는지는 나도 잘 모르지만, 그런 특정한 세그먼트를 머릿속에 설정해(요컨대 구체적인 독자의 이미지를 설정해) 집필에 임하는 것도 단편을 쓰는 즐거움 중 하나다. 옛날 작가들은 문예지에는 예술적이고 진지한 작품을, 상업지에는 일반인 대상으로 힘을 뺀 작품을 썼다고 하지만, 내 소설의 경우 그런 이중구조는 거의 없다. 세그먼트라는 건 어디까지나 대략적인 '스케치'의 이미지고, 그것으로 인해 소설의 스타일이나 내용이 크게 달라지지는 않는다. 차이가 있다 해도 미묘한 경향이나 색조의 차이다. 그래서 나는 가령 「패밀리 어페어」가 『신초』에 게재되고, 「태엽 감는 새와 화요일의 여자들」이 『LEE』에 게재되었다 해도 그 사실이 특별히 불편하지는 않다. 경향이나 질 면에서 두 소설 사이에 그리 큰 차이가 있다고 생각되지 않기 때문이다(고료 면에서는 상당한 차이가 있지만). 그러나 상식적으로 봐도 『신초』의 독자 중 『LEE』를 읽는 이는 거의 없을 것이며, 『LEE』를 읽는 독자도 웬만해선 『신초』를 읽지 않을 것이다. 그런데도 거기 게재된 소설 사이에 왜 이런 호환성이 존재하는가. 생각해보면 신기한 이야기다.

단편소설은 원칙적으로 잡지 청탁을 받고 쓰는 것이라 역시 마감이란 게 존재한다. 순전히 내 즐거움을 위해 쓰고 싶을 때 마음 가는 대로 써서, 완성된 것을 "이런 건 어떤가요?" 하며 잡지사에 가져간 적도 몇 번 있지만, 대부분은 "단편 한 편 부탁합니다" 하는 식으로 잡지사의 청탁을 받아 쓸 때가 많다. 나는 장편의 경우에는 영 예측이 불가능하므로 절대 마감을 정하지 않지만, 단편의 경우에는 그다지 까다롭지 않다. 아니, 오히려 마감이 있는 것을 즐길 때도 있다. 물론 그렇게 글을 쓰는 시기는 짧으니 전체적으로 보면 예외지만, 그래도 그런 때는 한정된 시간 안에 힘을 집중해서 쓴다. '뭘 써야 할지 도통 모르겠다' 싶을 때도 원고지든 워드프로세서든 그 앞에 꼼짝 않고 마주앉아 있으면 결국은 어떻게든 윤곽이 잡힌다. 오히려 '이걸 쓰고 싶다' 하는 확실한 뭔가가 머릿속에 굳어져 있을 때보다, 그렇게 아무것도 없는 시기에 더 솔직하고 자유로운 글이 써지기도 한다. 자신을 코너로 몰아침으로써 미처 의식하지 못했던 잠재의식이 비로소 노출되기 때문이다. 종종 그런 글쓰기를 게임처럼 즐기는 나를 발견할 때마저 있다. 물론 이런 글쓰기 시스템은 장기적으로 보면 작가에게 그리 건전하다고는 할 수 없을 것이다. 그런 시스템에 익숙해짐으로써 잠재의식이 겉으로 드러나는 특별한 루

트가 어느새 양식화되어 자발성을 잃어버리는 경우가 많기 때문이다. 그렇게 되면 소설을 쓰는 작업이 메마르고 단순한 자전거 조업처럼 돼버린다. 단편은 말하자면 만나자마자 승부를 보는 것이므로, 작가 정신의 자유성이라는 것이 아주 큰 의미를 지닌다.

내게는 단편소설의 스승이 세 명 있다. 스콧 피츠제럴드와 트루먼 커포티와 레이먼드 카버다. 나는 이 세 작가가 쓴 단편들을 참으로 꼼꼼히 읽었고, 번역에도 상당히 공을 들였다. 그래서 그들의 단편소설 화법을 대체로 파악하고 있다. 그러나 내가 쓰는 단편소설과 이 세 사람이 쓴 것 사이에 구체적인 공통점이 있는가 하면 상당히 의문이 든다. 오히려 닮은 데가 거의 없다고 해도 좋지 않을까. 나 자신도 그 사실이 몹시 신기해 이따금 이유를 생각해본 적이 있다. 확실히는 모르지만 아마 내가 그 세 작가를 너무나 존경해서라는 게 답일 것이다. 요컨대 안이하게 흉내내기에 그들은 너무나 뛰어나고, 너무나 위대하다. 그들이 쓴 것을 그대로 모방한다 한들 절대 그보다 좋은 작품을 쓸 수 없을뿐더러, 쓰면서 고통스러울 뿐이다. 그러니 결국 내가 그들에게 배운 것은 단편소설을 쓰는 자세이자 정신이라고 생각한다. 내가 피츠제럴드에게 배운 것은(배우려 한 것은) 독자의 마음을 떨리게 하는 정감이며, 커포티에게 배운 것은(배우려 한 것은) 기가 막히게 치밀한 문장과 기품, 카버에게 배운 것은(배우려 한 것은) 스토익하기까지 한 진지함과 독특한 유머다. 단편소설이란 형식은 만약 아주 잘 쓴다면, 그런 것들을 독자에게 고스란히 전할 수 있다. 물론 어떤 요소를 취한들 내가 그들의 영역에 다다르려면 아직 한참 멀었고, 그 거리는 이제는 거의 답파가 불가능한지도 모른다. 그러나 '만약 아주 잘 쓴다면'이라는 목표를 윤곽으로나마 파악한 것은 작가로서의 내게 아주 감사한 일이었다고 생각한다.

재미있게도(라고 해야 할 것이다) 『빵가게 재습격』에 수록된 작품들은 외국인들이 좋은 평가를 해주는 것 같다. 「태엽 감는 새와 화요일의 여자들」은 앨프리드 번바움의 번역으로 『뉴요커』에, 「빵가게 재습격」은 제이 루빈의 번역으로 미국의 모 잡지에 실렸다. 나는 지금 미국 동해안의 작은 대학가에 살고 있는데, 이 대학 일본문학과의 한 수업에서는 「코끼리의 소멸」을 교재로 사용하고 있고, 하버드에서는 「빵가게 재습격」을 교재로 사용하고 있다. 수업시간에 그 작품에 관해 얘기할 때면 학생들은 한결같이 "일본문학의 정체성에 관해 당신은 어떻게 생각하는가"라는 질문을 했다. 예를 들어 「빵가게 재습격」은 한 부부가 맥도날드를 터는 이야기다. 「태엽 감는 새와 화요일의 여자들」 주인공은 도입부에서 로시니를 들으며 스파게티를 삶는다. 「코끼리의 소멸」은 장소가 꼭 일본이 아니어도 성립하는 이야기다. 거기에는 '일본이 아니면 안 되는 것'이 거의 없다. 일본인 소설가로서 당신의 위치는 어떤 성격의 것인가—그것이 그들 질문의 요지였다.

그에 대한 내 대답은 또다른 질문이었다. 그럼 당신들은 내 소설을 읽고, 이것이 일본소설이 아니라고 생각했는가? 만약 내가 미국인의 이름으로 썼다면 이걸 미국소설로 인식했겠는가?

그들의 대답은 노였다. 아니다, 일본소설이라고 생각한다고 그들은 대답했다. 왜냐하면 여러 면에서 그것은 미국소설일 수 없기 때문이다. 예를 들면 「코끼리의 소멸」에는 코끼리가 마을에 왔을 때 행한 의식 내지 축제에 관한 기술이 있다. 이를테면 촌장이 인사를 한다. 아이들이 작문을 읽는다. 바나나 증정식을 한다. 일본인 독자라면 그런 게 별로 신기하지 않을 것이다. 그러나 미국인은 신기하게 생각한다. 상식적이지 않다고 생각한다. 어째서 초등학생이 코끼리에 대고 작문을 읽어야 하는가?

「빵가게 재습격」의 부부 강도 역시 뉴욕의 강도가 아니라 도쿄의 강도라고 그들은 말했다. 읽다보면 뉴욕이 아니라 도쿄의 얘기임을 알 수 있다고. 뉴욕에서 강도행위는 풍잣거리가 될 수 없다.

나는 그런 그들의 의견을 아주 재미있게 들었다. 왜냐하면 그것이야말로 내가 바랐던 결과 중 하나였기 때문이다. 요컨대 이런 것이다. 나는 무라카미 하루키라는 일본 소설가다. 일본에서 나고 자라 일본어로 소설을 쓰고 있다. 그리고 당연히 나라는 존재의 정체성을 진지하게 생각한다. 그 속에는 당연히 일본인으로서의 내 정체성도 포함되어 있다. 특히 주로 외국에서 생활하게 된 뒤로는 곧잘 그런 생각을 한다. 그러나 정체성에 관해 생각하는 나 자신은 필연적으로 나라는 주체 안에 포함되어 있으므로, 자기 정체성을 순전히 바깥에서 객관적으로 검증하기란 원칙적으로 불가능하다. 그렇다면 내가 할 수 있는 그에 가장 가까운 행위는 자기 무의식성의 표본을 추출해 검증하는 것이다. 이것이 바로 내가 소설을 쓰는 하나의 의미다.

이런 맥락에서 말하면, 일본인으로서의 내 정체성은 스스로가 일본인으로서의 정체성을 의식하지 않을 때 비로소 의식되지 않을까? 그것이 내가 가진 하나의 테제다. 이는 『바람의 노래를 들어라』 이후 줄곧 일관되게 추구해온 것 중 하나일 것이다.

「빵가게 습격」

제목에서도 짐작할 수 있듯 「빵가게 재습격」에 앞서 쓴 작품이다. 매우 옛날에 쓴 것이라 대체 어떤 동기와 계기로 이런 얘기가 나왔는지 전혀 기억나지 않는다. 아주 명확한 근거가 있었던 것도 같고, 의미라고 할 만한 게 거의 없었던 것도 같다. 그러나 솔직히 말해 지금은 아무것도 생각나지 않는다. 내 가엾은 기억은 깊은 진흙 속에 뱀장어와 함께 곤히 잠들었다. 개인적으로는 빵가게를 습격한 적도, 습격할 생각을 한 적도 없다. 딱히 바그너의 음악을 좋아하지도 않고, 여태껏 누군가에게 저주받은 적도 없다. 그러나 지금 생각해보면 빵가게 습격이라는 말의 울림은 확실히 일종의 긴박한 이미지를 상기시킨다. 아마 그런 단어의 울림에서 시작된 게 아닐까 싶다. 이 작품은—믿기 힘든 일이지만—영화화되었다.

「하이네켄 맥주 빈 깡통을 밟는 코끼리에 관한 단문」

내 기억에 따르면, 하이네켄 맥주를 마시다가 문득 생각나서 쓴 글이다. 아시다시피 하이네켄 맥주 캔은 아주 예쁜 초록색이다. 한 캔을 다 마시고 손으로 꾹 찌그러뜨리면서, 이걸 코끼리가 밟아준다면 더 납작하고 깔끔하겠다는 생각이 들어 이런 이야기를 쓰고 싶어진 것으로 기억한다. 별로 자신은 없지만.

「식인 고양이」

『렉싱턴의 유령』에 실린 단편 「토니 다키타니」보다 조금 앞서 썼다가, 아무데도 게재하지 않고 내버려두었던 작품이다. 잡지사의 청탁으로 쓴 것도 아니고 완성도도 썩 마음에 들지 않았기 때문이다. 시간을 두고 나중에 다시 한번 고쳐쓸 생각으로 둔 것이 그대로 창고 신세가 되었는데, 전집을 간행하며 대폭 고쳐써서 살려냈다.

지은이 **무라카미 하루키**
1949년 교토 출생. 1979년 『바람의 노래를 들어라』로 군조신인문학상을 수상하며 데뷔했고, 1982년 『양을 쫓는 모험』으로 노마문예신인상을, 1985년 『세계의 끝과 하드보일드 원더랜드』로 다니자키 준이치로 상을 수상했다. 『노르웨이의 숲』 『중국행 슬로보트』 『여자 없는 남자들』 『라오스에 대체 뭐가 있는데요?』 『기사단장 죽이기』 『도시와 그 불확실한 벽』 외 수많은 소설과 에세이로 전 세계 독자들의 사랑을 받고 있다.

옮긴이 **권남희**
일본문학 번역가. 무라카미 하루키의 '무라카미 라디오 시리즈'와 『더 스크랩』, 미우라 시온의 『배를 엮다』, 텐도 아라타의 『애도하는 사람』, 온다 리쿠의 『밤의 피크닉』, 아사다 지로의 『산다화』, 요시다 슈이치의 『퍼레이드』 등을 우리말로 옮겼다. 지은 책으로 『번역은 내 운명』(공저) 등이 있다.

문학동네 세계문학
빵가게 재습격

1판 1쇄 2010년 9월 10일 | 1판 3쇄 2012년 12월 28일
2판 1쇄 2014년 8월 28일 | 2판 10쇄 2024년 11월 26일

지은이 무라카미 하루키 | 옮긴이 권남희
책임편집 양수현 | 편집 황문정 박아름 오하나
디자인 김현우 유현아 | 저작권 박지영 형소진 최은진 오서영
마케팅 정민호 서지화 한민아 이민경 왕지경 정유진 정경주 김수인 김혜원 김예진
브랜딩 함유지 함근아 박민재 김희숙 이송이 김하연 박다솔 조다현 배진성
제작 강신은 김동욱 이순호 | 제작처 (주) 상지사 P&B

펴낸곳 (주)문학동네 | 펴낸이 김소영
출판등록 1993년 10월 22일 제2003-000045호
주소 10881 경기도 파주시 회동길 210
전자우편 editor@munhak.com | 대표전화 031) 955-8888 | 팩스 031) 955-8855
문의전화 031) 955-1927(마케팅) 031) 955-1917(편집)
문학동네카페 http://cafe.naver.com/mhdn
인스타그램 @munhakdongne | 트위터 @munhakdongne
북클럽문학동네 http://bookclubmunhak.com

ISBN 978-89-546-2455-8 03830

잘못된 책은 구입하신 서점에서 교환해드립니다.
기타 교환 문의 031) 955-2661, 3580

www.munhak.com